인생 뭐 있다

개그보다 더 웃긴 이홍렬의 인생 쇼

인생 뭐 있다

이홍렬 지음

마음의숲

시작하며

개그맨이라는 이름으로 이 나이까지 살아왔다. 초반에는 '개그맨으로 가는 길 찾는 법'을 몰라서 이런저런 직업을 잠깐씩 엿보기도 했지만, 중학교 때부터 그렇게 가슴 설레면서 꿈꾸었던 개그맨이라는 직업을 이 나이가 되도록 하고 있다.

돌이켜 보니 아슬아슬한 순간도 많았고 초심을 잃고 교만과 자만이 넘쳐나 자격 미달의 수치도 엄청났지만, 그래도 아무 탈 없이 지금까지 방송과 더불어 악극, 연극도 하고 강의도 하는 행운을 누리고 있다.

이제 한 번쯤, 살아온 나날들을 되돌아보고 싶다. '돌아본다'는 말은 마무리가 아니라 다시 한 번 멋지게 한발 내디디며 보자는 의미이기도 하다. 이제 새로운 그 길을 한 시대를 같이 살아오면서 내가 정말 좋아서, 또는 옆에서 좋아하니까 덩달아 나를 지지해 주신 많은 분들과 함께 가고 싶다.

38년 동안 주신 사랑의 힘이 얼마나 엄청난지 말로 표현하기 힘들다. 이제 나는 그간 받았던 사랑을 다시 여러분들께 돌려드리고 싶다. 그리고 어느덧 나이 듦에 실의에 빠지거나 기(氣)를 상실해 가는 분들께 힘찬 기를 넣어드리고 싶다.

100세 시대에 나이 60세는 어디 가서 명함도 내밀 수 없다. 아니, 우리야말로 명함을 내놓고 싶지 않아서, 뭔가 새로운 시작을 하자고 외치는 것이다. 그런데 우린 아직도 청춘인데, 이 사회는 자꾸 명함을 내밀라고 한다. 나는 이제 또다시 시작하는 이 나이에 함께하는 여정을 멋지게 엮어 나가자고 손 내밀 것이다. 이 모든 것들을 내가 먼저 실천하면서 큰 희망을 품고 함께 가자고 손잡고 싶다.

그렇다. 찬란했던 인생의 불은 이미 꺼졌는지도 모른다. 어쩌면 우리는 진작 꺼졌는데 꺼진 줄도 모르고 우왕좌왕하고 있었는지 모른다. 그렇다고 완전히 꺼져버린 것은 아니다. 우리 세대는 미리미리 손 닿는 곳에 초를 놔두는 버릇이 있다.

그러길 잘했다. 그런 세대여서 다행이다. 촛불 켜놓고, 또 열심히 하다 보면 전기 들어올 날이 반드시 있을 것이다. 꺼졌다가 켜지면 그때는 더 기쁘지 않은가. 온 식구가 함성을 질러댔으니까.

"지금은 촛불이지만 우리 시대가 그러했듯이 전기 들어올 때까지 최선을 다할 겁니다."

2016년 12월 개그맨 이홍렬

Contents

제3장

나눌수록

행복한 인생

What's your name?

나의 이름은 이홍렬이다. 李(덕수 이), 洪(넓을 홍), 烈(매울 렬)! 친할 아버지께서 일생을 살아가면서 잘되라고 지어 주셨다. 나는 내 이름을 '이 넓은 세상에 매운맛을 보여 주는 확실한 사람이 되어라'라는 뜻으로 풀이한다. 그러고 보니 이홍렬이라는 이름은 참으로 오랜 세월 나와 함께했다. 물론 남은 세월도 함께할 것이다.

그런데 나를 아는 이들이 이 이름을 들으면 어떤 생각이 들지 문득 궁금하다. 누구에게나 똑같은 느낌은 아닐 것이다. 어떤 이에게는 좋은 느낌일 수 있지만, 또 어떤 이에게는 나쁜 느낌이 들 수도 있다. 그러나 최소한 화가 나거나 기분이 나쁜 사람은 없었으면 좋겠다. 내 이름 석 자를 듣고 존경스럽지는 않아도, 반갑고 기쁘고 얼굴에 미소가 그득 지어지는 그런 이름이었으면 좋겠다.

동서고금을 막론하고 역사 이래로 이름만 들어도 우리를 감동시키는 이름들이 얼마나 많은가. 일단 '세계를 빛낸 100명의 위인들' 노래 가사만 휘리릭 한 번 읽어도 정말 가슴이 벅차오른다. 심지어

이 나라에 태어난 것 자체가 자랑스럽게 느껴진다.

그런데 정말 짜증 나고 화나는 이름도 있다. 각자가 다 다를 수 있지만 공통적으로 그렇게 느끼는 이름이 분명히 있다. 가깝게는 자기 혼자 살겠다고 어린 목숨 수백 명을 바다에 희생시킨 세월호 선장의 이름도 있고, 정말 목숨을 헌신짝 버리듯이 간단하게 생각하는 파렴치한 인간들의 이름도 많이 있다. 그런가 하면 정말 짜증 나는 정치인 이름들도 있지 않은가. 사실 그런 이름들은 거론조차 하기 싫다.

보는 순간부터 미소가 번지고 웃음이 절로 나는 이름이 있다면 그거 정말 대단하지 않을까? 이름만 한 번 듣거나 읽었을 뿐인데 잠시 즐거워진다면, 거 정말 신기한 일이 아닐 수 없다.

"구봉서, 서영춘, 배삼룡, 이주일, 남철, 남성남, 이기동, 백남봉, 남보원…."

어떠한가? 미소가 지어지지 않는가? 아하, 같은 세대가 아니라서 잘 모를 수도 있겠다. 그렇다면 전 세대를 아우르는 코미디언들의 이름을 잠깐 소개해드리겠다. 이름만 들어도 웃음이 절로 나는 사람들이다.

지금부터 코미디언 명단에 아는 이름이 있다면 슬그머니 표시를 한번 해보자. 누구 이름이 제일 먼저 눈에 띄는가? 혹시 그 이름을 떠올리는 자체로 잠시 행복해지지는 않는지. 나는 그것을 간절히 원하고 있다. 알고 있는 코미디언이 많을수록 당신은 웃을 줄 알고, 즐겁게 살 모든 준비가 완벽하게 된 사람이다. 자기 웃음은 자기가 찾는 거다.

자, 그럼 남자 코미디언부터 시작! 내 이름은 특별히 눈에 확~~ 띄게 해두었다.

감성, 강구현, 강민, 강석, 강성범, 강우석, 강일구, 강재준, 강준, 강호동, 고두옥, 고명환, 고석준, 고영수, 고장환, 고정호, 고혜성, 공기탁, 곽범, 관신봉, 곽재문, 곽한구, 구봉서, 구수한, 권성호, 권영기, 권영찬, 권재관, 권주형, 권태정, 권필균, 권혁진, 권형준, 길용준, 김건영, 김경태, 김경민, 김경식, 김경욱, 김경진, 김광회, 김구라, 김국진, 김근현, 김기리, 김기수, 김기열, 김기욱, 김대범, 김대성, 김대훈, 김대희, 김동규, 김동성, 김동욱, 김두영, 김만호, 김명덕, 김민기, 김민수, 김민제, 김범용, 김병만, 김병우, 김병조, 김병준, 김상준, 김상태, 김상호, 김생민, 김선웅, 김성규, 김성기, 김성남, 김성원, 김수영, 김수용, 김승진, 김시덕, 김영민, 김영삼, 김영철, 김완기, 김완섭, 김용, 김용만, 김용명, 김용재, 김용현, 김원구, 김윤서, 김윤호, 김은우, 김은태, 김의환, 김인석, 김장군, 김장렬, 김재욱, 김재원, 김재훈, 김정렬, 김정수, 김정식, 김정한, 김정환, 김정훈, 김종국, 김종석, 김종은, 김종하, 김주철, 김주현, 김준현, 김준호, 김중오, 김지호, 김진, 김진곤, 김진수, 김진철, 김진호, 김찬, 김창준, 김철민, 김춘호, 김태균, 김태원, 김태호, 김태환, 김필수, 김학도, 김학래, 김학준, 김한국, 김한배, 김한석, 김한일, 김현기, 김현중, 김현철, 김형진, 김홍준, 김회경, 나경훈, 나도야, 나도국, 나상규, 남궁경호, 남보원, 남상호, 남성남, 남영환, 남진우, 노우진, 노정

렬, 단덕수, 도대웅, 려명하, 류근이, 류근지, 류담, 류정남, 맹영기, 문경훈, 문규박, 문세윤,

문용현, 문원종, 문종호, 문천식, 문풍지, 박강균, 박광수, 박규선, 박근백, 박명수, 박상철,

박성광, 박성호, 박성훈, 박세민, 박승대, 박영규, 박영재, 박영진, 박재석, 박준형, 박찬현,

박충수, 박휘순, 방용화, 방일수, 배동성, 배영만, 배일집, 배호근, 백재현, 백현욱, 변가수,

변승윤, 서경석, 서남용, 서동균, 서세원, 서승만, 서우락, 서원섭, 서인석, 서태석, 서태훈,

성현덕, 손경수, 손동환, 손민혁, 손윤상, 손철, 손치원, 손한수, 송병철, 송슬기, 송영길, 송

왕호, 송준근, 송필근, 송해, 송형수, 신동수, 신동엽, 신완순, 신윤승, 신종령, 신흥재, 심원

철, 심현섭, 심형래, 안상태, 안시우, 안용진, 안윤상, 안일권, 안정빈, 안진호, 양상국, 양선

일, 양세형, 양철수, 양헌, 엄승백, 엄용수, 엄태경, 여정건, 염경환, 예재형, 오기환, 오승환,

오인택, 오재미, 오정태, 오종철, 오지헌, 오지환, 왕춘, 원일, 위양호, 유남석, 유대은, 유민

상, 유상무, 유상엽, 유성, 유세윤, 유인석, 유자방, 유재석, 유재원, 유재현, 유정승, 윤국일,

윤상민, 윤석주, 윤성한, 윤성호, 윤정수, 윤진영, 윤찬호, 윤택, 윤한민, 윤형빈, 이강복, 이

강선, 이경규, 이경래, 이경우, 이광득, 이광섭, 이광채, 이규태, 이규혁, 이기수, 이덕재, 이

동엽, 이동윤, 이동후, 이런, 이명훈, 이문수, 이문원, 이문재, 이민우, 이병진, 이병희, 이봉

원, 이상민, 이상운, 이상준, 이상철, 이상해, 이상호, 이상화, 이상훈, 이석재, 이성동, 이성

배, 이성호, 이수근, 이승윤, 이승환, 이영식, 이영재, 이영준, 이용근, 이용식, 이우제, 이원

구, 이원석, 이원승, 이윤석, 이은호, 이재성, 이재포, 이재형, 이재훈, 이정규, 이정길, 이정

수, 이정용, 이정표, 이조원, 이종규, 이종호, 이종훈, 이준수, 이지성, 이진환, 이찬, 이창명,

이태식, 이태일, 이하원, 이혁재, 이형, 이형배, 이혜석, **이홍렬**, 이휘재, 이희찬, 임우일,

임재훈, 임종국, 임준빈, 임준혁, 임하룡, 임혁필, 임희춘, 장기영, 장기철, 장동민, 장동혁,

장두석, 장웅, 장유환, 장재영, 장준원, 장홍제, 전광희, 전영중, 전유성, 전종희, 전창걸, 전철우, 전환규, 정광태, 정귀영, 정만호, 정명재, 정명훈, 정민규, 정범균, 장삼식, 정성호, 정성화, 정세협, 정승환, 정용국, 정윤호, 정이래, 정재환, 정종철, 정준하, 정진수, 정진영, 정진욱, 정찬민, 정찬우, 정철규, 정태호, 정해철, 정헌범, 정현수, 정형돈, 조금산, 조문식, 조민형, 조상범, 조상아, 조세호, 조수원, 조승구, 조승제, 조영빈, 조우용, 조준우, 조원석, 조윤호, 조인기, 조정현, 조지훈, 조해욱, 조현민, 조현정, 조훈성, 주병진, 주성중, 지상열, 지석진, 차승환, 채경선, 채명성, 최고봉, 최국, 최기섭, 최기정, 최민석, 최백선, 최병서, 최수락, 최승태, 최양락, 최영수, 최영준, 최왕순, 최우람, 최재호, 최충호, 최현진, 최형만, 최홍림, 최효종, 추대엽, 표영호, 표인봉, 하박, 하상훈, 한극수, 한명진, 한무, 한민관, 한병준, 한상규, 한상우, 한상진, 한재진, 한현민, 허경환, 허동환, 허민행, 허태희, 현병수, 홍기람, 홍경준, 홍기훈, 홍동명, 홍록기, 홍석재, 홍성기, 홍성진, 홍순목, 홍인규, 홍종호, 홍훤, 황기순, 황승환, 황영진, 황원식, 황정안, 황제성, 황현희.

자, 이번에는 여자 코미디언이다.

강남영, 강아라, 강유미, 고은영, 고은주, 고효심, 곽현화, 권미진, 권진영, 권혜수, 기승미, 김경아, 김경희, 김다래, 김다혜, 김마주, 김미려, 김미연, 김미자, 김미진, 김민경, 김민정, 김보화, 김상희, 김선정, 김선하, 김성은, 김성희, 김세아, 김소정, 김송희, 김수미, 김수진, 김숙, 김승혜, 김여경, 김영옥, 김영하, 김영희, 김윤희, 김은지, 김주연, 김지민, 김지선, 김지현, 김지혜, 김진아, 김현숙, 김현영, 김현정, 김현주, 김현희, 김혜선, 김혜영, 김혜정, 김혜진, 김효진, 김희원, 남정미, 노유정, 라윤경, 류경진, 맹승지, 문영미, 문옥이, 문지연, 문형주, 박경림, 박나래, 박미선, 박민영, 박보경, 박보드레, 박소라, 박소영, 박수림, 박순화, 박은영, 박은혜, 박지선, 박초은, 박현정, 박혜숙, 박희진, 배연정, 배진경, 백승혜, 변아영, 서길자, 서춘화, 서현선, 성은채, 성현주, 손명은, 손소연, 송은이, 신고은, 신보라, 신봉선, 신찬미, 심정은, 안선영, 안선희, 안소미, 안영미, 안주형, 양귀비, 양재희, 양해림, 양희성, 엄정필, 여윤정, 오나미, 오나연, 오미지, 오연숙, 유미선, 유정화, 육지미, 윤미지, 윤보경, 윤선희, 윤설란, 이경분, 이경실, 이경애, 이경화, 아국주, 이명리, 이미선, 아선미, 아선민, 이성미, 이세레나, 이수지, 이수진, 이영경, 이영자, 이옥주, 이은영, 이은주, 이은형, 이은혜, 이장숙, 이정필, 이자수, 이지영, 이칠선, 이현정, 이현주, 이희경, 이희구, 임미경, 임미숙, 임원선, 임은실, 장도연, 장미화, 장수정, 장윤희, 장지연, 장효인, 전영미, 전정희, 전효실, 정경미, 정경숙, 정명옥, 정선희, 정성월, 정애자, 정은선, 정은숙, 정재윤, 정주리, 정지민, 조승희, 조현정, 조혜련, 지영옥, 천수정, 최미미, 최병임, 최설아, 최소연, 최유정, 최윤희, 최호진, 최희선, 팽현숙, 표명선, 하영, 한혜승, 허미영, 허민, 허안나, 홍나영, 홍윤화, 홍현희.

하하, 이름만 봤는데도 즐거워지지 않는가? 나는 정말 간절히 내 이름 딱 석자 '이, 홍, 렬!'만 들어도 행복해지는 그런 이름이고 싶다. 당신은 어떤 느낌을 주는 이름이었으면 하는가?

"What's your name?"

잊을 수 없는 그 한마디

오남길 선생님

"하아, 저 녀석 이홍렬이는 아마 사회 나가면 바로 코미디계에서 스카우트해갈 거야."

오남길 선생님은 고등학교 때 미술 선생님이시자 나의 담임 선생님이셨다. 당시 선생님은 무엇을 어떻게 보고 나를 그렇게 평가하셨을까. 코미디계에서 어떻게 나를 스카우트한단 말인가? 험하고 멀고 먼 코미디언의 세계, 그 근처에도 가기 힘든 연예계에서 말이다. 나는 선생님께서 그때 나에게 하신 말씀을 40년이 넘도록 또렷하게 기억하고 있다. 정말 선생님의 격려 한마디와 칭찬 한마디는 한 사람의 인생을 좌우할 만큼 중요한 것이다.

지명길 선생님

"생각해봐라. 세상에 어떤 놈이 바퀴벌레가 왔다 갔다 하는 저 음악실에서 1년이 넘게 의자 잠을 자겠냐?"

14

선생님께서 나를 데리고 계실 때, 누군가에게 한 말이다. 누군가 나를 인정해줄 때, 그리고 힘든 나를 지켜봐주고 있다는 것을 알게 될 때 힘이 솟구친다. 매일매일 맹세라도 할 수 있다. "이까짓 것" 하고 말이다. 공고를 졸업하고, 실습을 다녀온 뒤 DJ 생활로 입문했을 당시, 사회에서 만난 작사가 지명길 선생님은 내게 연예계의 방향을 제시해주셨다. MC 보는 요령이나 무대에서의 자세 등 그분께 배운 것이 한두 가지가 아니다. 이 말을 하신 선생님은 기억 못 하실지언정 나는 죽어도 잊지를 못한다. 한국저작권협회 회장 역임, 〈사랑의 미로〉 등 수천 곡을 작사하신 나의 멘토 지명길 선생님은 영원하다.

허참 형님

"지금은 내가 이렇게 PD를 소개해주지만, 언젠가는 그 PD들이 직접 너에게 전화를 할 거야."

정말 그럴까? 두려웠다. 지명길 선생님이 소개해주신 허참 형님. 군대를 다녀온 후 방송국에서 다시 만난 허참 형님은 나를 조수석에 태우고 여러 방송국을 다니며 많은 PD들을 소개해주셨다. 그때 해주신 한마디에 나는 마치 연예인이 된 듯한 느낌을 받았다. 아직도 나를 한참이나 어린아이로 취급해주시는 형님! 그런데 이제는 나도 형 앞에서는 애교를 떨며 슬슬 엄살을 지를 수 있는 나이가 되었다.

"형! PD들한테 전화 안 오기 시작했어요. 다시 소개시켜줘요, 네?

아참, 형도 이제 전화 안 오지?"

이응주 PD

"하하하, 할머니들은 원래 화장을 안 해요."

〈귀곡산장〉을 처음 만들어 놓고는 내가 "여자 역은 화장을 해서 싫다. 할머니 역도 좋기는 한데 화장을 안 하면 하겠다"고 하자 껄껄 웃으면서 나를 달랬다. 그때 임하룡 씨와 그 역할을 안 했더라면 어떻게 되었을까? 20년이 훨씬 지났는데도 사람들이 기억하는 〈귀곡산장〉이거늘.

MBC 뮤직채널 사장을 역임하고 아직도 MBC에 근무 중인 이응주 PD, 평생 술친구가 되었다.

송창의 PD

"아까 그거 재밌던데 다음 주에도 해요? 기억 안 나? 내가 다시 리플레이해 줄게요."

녹화한 것을 다시 틀어보니 애드리브 부분이었다. 손을 천천히 좌우로 흔들며 김병조 씨 몸을 위에서 아래로 훑어 내려오면서 "하지마, 하지마, 하지마, 하지마"를 반복하는 것이었다. 이렇게 해서 생긴 유행어였다. 예전에는 유행어를 그만두어도 그 여운이 1년은 갔다. 그 뒤에 지방 공연 무대에서 '아파트'를 부르는데 간주 때 술에 취한 아저씨가 무대 가까이 오시더니 내 바짓가랑이를 붙잡고 "하지마, 하지마, 하지마, 하지마"를 나머지 2절 끝날 때까지 하셨던 것이 지금도 재미있는 기억으로 남아있다.

일본 유학에서 돌아오던 나를 공항에서부터 맞이해 〈일요일 일요일 밤〉에 '한다면 한다' 코너에서 두각을 나타내게 해주었다. 특히 나의 개그를 사랑해주며 많이 도와주었다. 연예계에서 나를 한 단계(?) 올려주신 분이다.

안혜란 PD

"기다릴게, 올 때까지."

1987년 중앙대학교 연극영화과에 입학한 늦은 새내기였던 나는 MBC 라디오 〈우리는 새싹들이다〉라는 어린이 프로그램을 맡았다. 수업이 끝나고 안성 캠퍼스에서 스튜디오로 가려니 차가 막혀서 같이 진행하던 박성미와 박금선 작가 등은 나를 기다리는 일이 다반사였다. 그래도 내가 도착할 때까지 즐겁게 기다려주었고, 뒤늦게 공부를 시작한 나를 뒷받침해주었다. 그것은 대학교 4년을 정말 열심히 다닐 수 있는 원동력이 되었다. 학교에 간다고 하면 늦은 대학생을 위해 많은 PD들이 연습과 리허설에서 제외시켜주기도 했다. 대학교는 대학교대로 방송을 위한 편의를 봐주었기에 나는 무사히 졸업할 수 있었다.

당시 신혼생활을 막 시작한 나에게 라디오 출연료는 학비와 생활비가 되었다. 안혜란 PD는 정동 MBC 시절 〈싱글벙글쇼〉 3부부터 인연을 맺어 〈전국퀴즈열전〉 등의 라디오에서의 소중한 인연으로 끊임없이 나를 응원해주었다.

이외수 선생님

"이번에는 그림을 두 점 그려 드리리다."

이외수 선생님께서는 2009년부터 매해 열리는 자선음악회 〈이홍렬의 락락페스티벌〉에 그림 한 점씩을 기증해 어린이를 돕고 계신다. 2013년 제9회 〈이홍렬의 락락페스티벌〉에서 그림 한 점을 1,200만 원에 판 뒤, 결과 보고를 드리러 '이외수 문학관'과 '감성마을'을 찾았다.

나는 지난 2014년 제10회 〈이홍렬의 락락페스티벌〉은 특별하게 서울, 밀양 1회씩 2회로 나누어 공연을 하고 싶었다. 어린이재단에서도 크게 환영을 해주었는데, 문제는 그림 한 점이 더 필요했다.

한 획에 그어지는 그림은 한 호흡이다. 그림 그리는 것은 날씨에도 영향을 받고 컨디션도 엄청 중요하다. 이외수 선생님께서 그림을 그리며 들인 공을 생각하면 입이 잘 떨어지지 않았다. 그림을 그릴때면 몇 수레의 한지가 폐지가 되어 나가고, 빠진 어금니도 여럿이라고 하셨다. 혼신의 힘을 다해 그린 그림들은 이외수 선생님의 고통을 말해주는 것 같았다.

10회 특집으로 2회 공연을 기획한다는 소리가 떨어지기 무섭게 이외수 선생님은 이 말을 건네셨다. 나는 눈물이 왈칵 쏟아질 뻔했다.

이후 2015년 11회 부산에서 한 점, 2016년 12회 나주에서 한 점 변함없이 그려주셨고, 앞으로도 계속 그려주실 것이다. 부디 오래오래 건강하소서….

그 밖의 생각나지 않는 '그 한마디'가 많을 것이다. 그러나 그들은 내가 표현하지 않았다고 서운해할 분들은 아니다. 인사 받으려고 나를 도와준 것이 아니었으니까. 내가 인생을 살아오면서 전부 고마운 이들이다. 정말 많이도 도움을 받고 살았다.

"내가 남을 돕고 살아야 하는 이유다."

1장

웃을수록
즐거운 인생

붙잡을 수 없는 시간

"이홍렬 씨, 시트콤 한번 하시겠어요? 이홍렬 씨 생각하면서 썼는데…."

난 쾌재를 부르며 순간적으로 나오려는 웃음을 참았다. 참으로 짧은 시간에 많은 생각이 스쳤다.

'푸하하하. 와우~ 그럼 그렇지. 내가 아무리 나이가 들었다 해도 아직은 이 사람들아. 그래그래. 예전 나의 시트콤 〈웬만해선 그들을 막을 수 없다〉의 인기를 알아주는군. 그 이후 이게 몇 년 만이야? 으흠! 자자자, 흥분하지 말고. 침착해야지, 홍렬, 이 사람아. 너무 시간 많은 척하지 말고. 없어 보이잖아. 그런 건 기본 아니냐고. 목소리 좀 가라앉히고…. 큼.'

"아, 예. 그거 괜찮지요. 그런데 일단 시간이 잘 맞아야 되거든요? 근데 무슨 역할인가요?"

"네, 이홍렬 씨에게 딱 맞는 역할이에요."

'딱 맞는 역할이라니. 아버지 역할인가? 아님 혼자 사는 남자? 혼

자 사는 남자 역할이 좋긴 한데….'

"딱 맞는 역할이 뭔데요?"

잠시 한 호흡 쉰다.

"할아버지 역할인데요…."

"…."

할, 아, 버, 지!

내겐 너무나도 멀고 먼 단어, 할아버지. 물론 할아버지가 된 친구들도 많긴 하다. 그리고 나보다 두 살 더 많은 임하룡 씨도 벌써 손주가 둘씩이나 된다. 그러나 이것은 그들의 이야기이고, 아직 나와는 전혀 상관없는 이야기일진대, 내 역할이 할아버지라니….

'야야야. 전화 건 놈 누구냐!'

다행히(?) 미리 잡아놓은 스케줄이 있어서 정중하게 사양할 수밖에 없었지만, 며칠 동안 그 당연한 사실에 대해 상당히 많은 생각을 했다.

어렸을 때 나는 할아버지는 처음부터 할아버지로 태어나고, 할머니는 할머니로 태어나는 줄 알았다. 따라서 어린 내가 그쪽을 향해서 가리라고는 꿈에도 생각지 못했고, 가서도 안 되는 것이었다.

'아아, 내 의지와는 전혀 상관없는 나이 듦이여….'

수염을 깎지 않고 그냥 내버려 두었다. 원래 수염이 듬성듬성 나기 때문에 볼품이 없어서 안 길렀는데 한번 내버려 둬 보았다. 그런데 내가 흰 수염이 이렇게 많았던가? 수염을 길러보니 나이 들어가는 것을 더 느낀다. 사실 흰 수염이야말로 어린 시절에 보던 아버지 수염이고, 할아버지 수염인데….

그러고 보니 이주일 형님이 60세쯤 수염을 기른 적이 있었다. 듬성듬성 난 흰 수염이 연륜을 말해주는 것 같아 내게는 멋지게 보였다. 문득 생전에 내 이름을 부르며 다정하셨던 생각이 나서 인터넷을 뒤져 보았다. 나보다 열네 살 위인 이주일 형님은 세상에, 63세에 돌아가셨다. 참으로 안타까운 나이다. 더군다나 그 무렵 시트콤에서 아버지 역할을 맡는다는 이야기가 있었는데, 그 시트콤이 방송됐으면 얼마나 재미있었을까? 어럽쇼. 그런데 63세, 거의 내 나이 아닌가.

'아아, 내 의지와는 전혀 상관없는 나이 듦이여….'

나에게 '형님'이라고 부르는 사람들이 있다. 내가 선배일 경우에야 뭐 지극히 당연한 일 아닌가? 그런데 정말 내가 보기에도 나보다 훨씬 나이 들어 보이는 선생님 같은 분이, 더군다나 윗이마의 대부분을 옆머리로 올려 가리신 분께서 나를 보고 "형님, 형님" 하고 부를 때면 눈이 다 휘둥그레지면서 안절부절못하게 된다.

"아이 참, 허허 이거 왜 이러십니까?"

"아네요, 말씀 놓으세요. 제가 이홍렬 형님 나이를 아는데 왜 그러십니까?"

　그런데 나이를 제대로 알고 보니 진짜 내가 형님뻘이었다. 그 사람이 나이 들어 보이는 게 문제가 아니라, 내가 나이 들어 보이는 것을 잊었음을 깨닫고 익숙해지는 데 제법 시간이 걸렸다. 이제는 나이가 많아 보이는 분들도 나보다 조금 형이겠거니, 하면 얼추 맞다. 그리고 사실 많아 봐야 대부분 대여섯 살 안쪽이다. 실감하기 싫고, 인정하고 싶지 않은 일이지만 사실이다. 나이가 들수록 나이를 가늠하기 어려워지는 모양이다.

　오래전에 서울공고 졸업 30주년 기념 동창회 모임에 참석했던 적이 있다. 유난히 나이가 많아 보이는 친구가 다가오더니 반갑게 한마디 건넸다.

　"야, 이홍렬이. 너 왜 이렇게 늙었냐? 응?"

　"그래? 그렇지, 뭐…. 근데 난, 네가 선생님인 줄 알았다."

　다들 자기 자신이 나이 든 건 모른다. 진짜 선생님께 동창인 줄 알고 말을 놓은 사례도 있다. 이해가 간다.

　'아아, 내 의지와는 전혀 상관없는 나이 듦이여….'

　나이 듦으로써 정말 힘들어지는 증상이 하나 있다. 흰머리야 염색하면 되고, 뒤통수 허전한 것은 흑채 뿌리면 그만이다. 그리고 옆머리 새치도 검은 칠로 살짝 덧칠만 하면 해결된다. 노안? 그래도 나는 다행이다. 안경만 벗으면 해결되니까.

그리고 보니 이 나이 되도록 돋보기 신세를 안 져서 너무 고맙다. 노안의 특징은 안경 안 쓴 이들은 돋보기를 반드시 찾아야 되지만, 우리같이 평소에 안경을 쓰던 사람들은 그저 안경을 머리 위로 올리기만 하면 깨알 같은 글씨도 눈에 들어온다는 것이다. 그 와중에 얼마나 감사한 일인가.

그런데 문제는 다른 데 있었다. 바로 '다리 저림'이다. 의자에 걸터앉았을 때는 좀 나으나, 빈소 같은 곳에서 양반 다리로 너무 오래 앉아있다가 일어서려는 순간 증상이 나타난다. 똑같은 자세로 너무 오래 앉아있었던 것이다. "자, 이제 슬슬 가지"라는 소리에 몸을 움직여 보지만 예전처럼 자유롭게 튀어 오를 수가 없다. '어? 왜 이러지?' 하는 생각에 콧잔등에 침을 발라보지만 간단히 해결할 수 있는 발 저림이 아니다. '아, 이건….' 그때 옛날 어르신들의 모습이 번개처럼 머리를 스친다. "에구" 하면서 약간 휘청거리며 벽을 짚거나 무릎을 짚으면서 일어서던.

난 팔딱 일어서는 버릇이 있는데, 어림없다. 아, 당황스럽다. 그러나 티를 내면 후배들에게 창피하다. 살며시 일어나서 가만있다가 자세를 여러 차례 바꾸어 가면서 무언가 생각하는 듯한 표정을 짓는다.

"음, 가만있자…. 뭐 잊어버린 것 없나?"

한마디 하고는 다시 허리를 펴고 뭔가 할 말이 있는 듯한 표정을 짓는다.

"음…. 그리고 너는 그건 그렇게 하고, 또 너는 아무튼 네가 알아서 잘 해결하도록 해, 응?"

늘 싱거운 소리 한마디씩 하는 줄 알기 때문에 그러려니 하고 옆에서들 웃는다. 나는 그제야 몸이 풀린다. 그리고 아무렇지도 않은 듯한 표정과 제스처를 하면서 20대의 발걸음처럼 힘차게 앞으로 나아간다.

이런 자세한 이야기를 나이 든 분들에게 하면 박장대소한다. 서로 알고는 있지만 묵시적으로 넘어가는 것이다. 내가 괜히 까발려서 내 발등 내가 찍는 것은 아닐까 싶기도 하다.

"언젠가 가겠지. 푸르른 이 청춘. 지고 또 피는 꽃잎처럼." 산울림은 〈청춘〉이라는 노래를 20대의 나이에 실감이나 하고 불렀을까? "가는 세월 그 누구가 막을 수가 있나요. 흘러가는 시냇물을 막을 수가 있나요"의 서유석은 가는 세월을 정말 막을 수 없다는 것을 그 나이에 제대로 알기나 하고 불렀을까? 나이 든 요즘 그 노래를 다시 부를 때의 기분은 어떨까? 쓸데없는 질문이 꼬리에 꼬리를 물고, 그들이 알건 모르건 세월이 이렇게 오고 또 간다.

'아아, 내 의지와는 전혀 상관없는 나이 듦이여….'

"30대에는 시속 30킬로미터, 40대에는 시속 40킬로미터, 50대에

1993년 〈오늘은 좋은 날〉의 '귀곡산장' 탤런트 도지원, 개그맨 임하룡과 함께.

는 시속 50킬로미터, 60대에는 시속 60킬로미터의 속도로 세월이 지나간다”라는 아주 진부한 이야기를 굳이 하지 않아도 세월은 그 누가 생각해도 항상 빠르다. 그 빠름을 알아주어 고맙지도, 몰라주어 서운하지도 않게 세월에 떠밀려 가고 있는 것이 우리네 인생이다.

내 나이 40세에서 20여 년이 흘렀어도, 정도의 차이는 있겠으나 그렇게 큰 변화는 없는 것 같다. 급속도로 발전하는 의학의 발달에 힘입어 이제 노화 현상이 크게 두드러지지 않는 시대를 맞이했다.

예를 들면 옛날 같으면 태생이 약한 내 치아는 벌써 틀니를 했어야 하지만, 임플란트에 힘입어 잘 씹고 잘 먹고 있다. 그러나 60세에서 똑같이 20년이 흘러 80세가 되어도 그럴까? 그 나이까지 산다는 보장도 없을뿐더러 하루하루가 다를 것이다. 따라서 이제부터의 나이 듦은 제대로 마음을 다지는 정도가 더욱 달라져야 할 것이다. 앞으로는 조금 억지로라도 더더욱 즐겁게 살아야 할 것이다. 지금보다도 몇 배, 몇십 배, 몇백 배….

공자는 《논어》에서 나이 예순을 “천지 만물의 이치에 통달하고, 듣는 대로 모두 이해할 수 있다” 하여 ‘이순耳順’이라 하였다는데, 난 도무지 그런 것 같지 않으니 어쩌면 좋은가? 그러나 나이 듦에 따라서 내게 주어진 그릇 안에서 나잇값 하나만큼은 제대로 하고 싶다. 내가 먼저 우리 세대에서 웃음과 나눔을 실천하는 삶을 보여주는 것이 제대로 나이 듦이 아닐까.

그런데 이런 나이 듦은 이야기 안 하려다 하는 건데, 젊어서는 아내와 불같은 사랑 한번 하려면 집에 있는 아이들 때문에 신경이 보통 쓰이는 게 아니었다. 이제는 아이들이 다 우리 곁을 떠나 집안이 조용하고 정말 신혼이 다시 온 듯한 느낌이다. 얼마든지 우리 부부는 즐거운 시간을 마음껏 눈치 안 보고 즐기고 만들 수 있다. 그러나 우리는 약속이라도 한 듯 그런 것에 큰 흥미도 없고, 그냥 집 안에서 각자의 일로 바쁘다.

'아아, 내 의지와는 전혀 상관없는 나이 듦이여…'

"차라리 이젠 애들이 있는 게 더 낫다.

얘들아, 들어와라, 들어와. 드루와, 드루와."

가난이 주는 축복

"아빠, 난 가난이 뭔지 몰라. 그렇지만….."

큰아이가 고등학교 다니던 시절, 씀씀이가 헤프고 게으르다며 꾸짖는 중이었다. 아빠는 가난하게 자랐기에 너희들에게는 가난을 물려주지 않으려고 정말 많은 노력을 했다는 등…. 그러면서 나의 잔소리가 계속해서 쭉 이어졌다. 그때 큰아이가 내가 묻는 말에 항변이라도 하듯 눈물을 흘리며 대답한 말이다. 나는 큰아이의 대답을 듣는 순간 어떤 말도 귀에 들어오지 않았다. 그리고 그 말은 나의 뇌리에 꽂혀 오래도록 잊히지 않았다.

'뭐? 가난이 뭔지 모른다고? 아니, 가난이 뭔지 왜 모르지? 아니, 이 녀석이 왜 모를까?'

순간적으로 당황했지만, 이내 나는 큰아이의 말에 크게 동감했다.

'맞다! 너는 잘 모르겠다. 그래, 맞다! 너는 가난이 뭔지 잘 모르겠다. 네가 알 턱이 없지, 가난을….. 그런데 어떡하지? 나는 안다. 가난이 뭔지.'

중학교 2학년 때부터 새벽 신문을 돌렸다. 새벽 단잠에서 깨어나 자리를 박차고 일어나서 나가지 않으면 안 되는 그 절실함을 나는 안다. 신문 부수를 늘리기 위해 무리해서 억지로 확장 신문을 넣다가 따귀를 맞은 일이며, 할머니가 동사무소에서 영세민에게 주는 밀가루 배급을 받아오는 것을 보고 철없는 고등학생이었던 내가 자존심을 세우며 할머니와 말다툼을 했던 일도 있었다.

"할머니, 우리가 거지야?"

"야, 이놈아. 배부른 소리 하지 마라."

할머니와 주고받았던 그 대화는 영원히 잊을 수가 없다. 그래, 맞다. 신기하기도 하다. 그렇게 오랜 세월이 흘렀는데도, 토씨 하나까지 기억하고 있으니…. 맞다. 내가 가난했던 그 시절들을 어찌 잊을 수 있겠는가.

할 말을 잃고 내 방으로 되돌아오며 나는 큰아이에게 하소연이라도 하듯 중얼거렸다.

'애야, 너는 쌀독 안에 몇 톨 남지 않은 쌀을 푸려고 낡은 양은그릇으로 쌀독 바닥을 박박 긁는 소리도 모르겠구나…. 너 혹시 물지게는 져봤니? 그거 아무나 질 수 있는 게 아니거든…. 중심을 기가 막히게 잘 잡아야 한다. 안 그러면 바로 자빠지거든. 수도를 틀면 되는데 왜 물지게를 지어야 하느냐고? 음, 휴… 그래그래, 맞다. 그런

간단한 방법이 있었는데 왜 몰랐을까? 그지? 수도가 있는 집에서 살았어야 했는데. 근데 이건 산동네라는 곳을 모르면 표현하기가 힘들다. 그런데 왜 우리는 흑석동 산꼭대기에 있는 공동 수돗가까지 힘들게 올라가 돈을 내고 물을 받아 힘들게 물지게를 지고 집에 있는 독에 갖다 부었을까? 그것도 매일매일. 바로 그 가난 때문이란다. 나는 돌아가신 우리 어머니, 그러니까 너의 친할머니가 시켜서 할머니의 금목걸이와 금가락지를 찾으러 전당포에 가기도 했단다. 그걸 찾으면서 얼마나 슬펐는지 아니? 이걸 맡기고 쌀을 사셨겠구나, 하는 생각에. 그 반지, 그 목걸이 지금도 내가 갖고 있잖니. 얘야, 들어는 봤니? 전, 당, 포.'

하긴 나와 비슷한 연배의 사람 중 잘살았던 사람이 얼마나 되겠는가. 요즘 애들보다는 우리 때가 더 힘들었고, 우리 때보다는 보릿고개를 넘어야 했던 어른들이 더 어려웠을 것이다. 쌀이 떨어져 어머니가 은수저를 팔아 쌀을 사 오고, 동회에서 밀가루 배급을 받아 수제비를 끓이던 시절. 6,080원 하던 공납금을 제때 가져오지 않는다고 불호령 치던 선생님이 무서워 학교 가기 싫던, 그런 시절이었다.

가난을 간접적으로 경험해본다고 정말 다 알 수 있을까? 부잣집 아들이 가난을 알아보겠다고, 그 어려움을 체험해보겠다고 새벽 신문을 돌리고 우유 배달을 해본다고 하자. 정말 기특하다. 가난한 이들의 마음을 헤아려보겠다는 갸륵한 마음이니까…. 그러나 그것으로 다 알 수 있을까? 마음은 헤아렸을지언정 가난의 불편함과 힘든 마음을 고스란히 갖고 가지는 못한다. 체험하지 않은 것보다 나을지는 모르지만, 그렇게 해서 가난을 다 알게 되는 것은 아니다. 체험한 사람은 가고, 가난은 계속 거기에 남아있기 때문이다. 가난을 알려면 20년, 부를 알려면 2년이라고 하지 않던가.

나는 그 가난을 벗어난 자리가 불안했다. 아이들에게 대물림하고 싶지 않았다. 그래서 반드시 몸에 익혀야 할 성실한 정신을 심어주고자 끊임없이 잔소리를 했고, 아이들은 그게 마음에 전혀 와 닿지 않았던 것이다.

하도 어려운 집에서 태어나 어린 시절 이런 상상도 많이 해봤다. 혹시 내가 부잣집 아들과 병원에서 바뀐 건 아닐까, 하는. 예전이나 지금이나 그런 유의 소설이나 영화는 많이 있었으니까.

'지금쯤 나 대신 언 놈이 자가용 타고 다니면서 엄청 호강하고 있을 거야. 그래, 마음껏 즐겨라. 그러나 언젠가는 다 밝혀지게 되어있다. 못된 간호사의 나쁜 행동으로 인해서 잠시 애가 뒤바뀌었지만 어마어마한 상속 문제에 다다랐을 땐 다 밝혀지게 되어있으니까.'

아아, 근데 어쩌나? 이런 상상을 하기에는 아버지와 내가 닮아도 너무 닮았다. 오죽 없이 살았으면 이런 상상이라도 해서 위안을 받으려 했을까? 요즘같이 쌀은 케이크보다 칼로리가 더 높다느니 어쩌니 하며 쌀밥을 잘 안 먹는 시대에 가난에 대한 나의 이런 말들이 와 닿기나 할까. 그러니 가난이 뭔지 모른다는 게 오히려 너무나 당연했다.

하긴 우리도 윗세대 아버지들이 아무리 우리에게 보릿고개를 설명하고, 초근목피와 꿀꿀이죽을 이야기한들 알 길이 없었으며, 가슴에 잘 와 닿지가 않았으니까.

마찬가지로 내가 아무리 어렵고 가난했던 시절을 이야기해봐야 우리 아래 세대들의 가슴에 와 닿기나 하겠는가? 내가 너무 고리타분하게 가난했던 시절만 입버릇처럼 이야기하며 아이들에게 성실, 근면만 요구했던 건가 싶다.

'그래! 너희들의 인생에는 너희들만의 길이 따로 펼쳐지겠다. 역시 나는 너희들에게 뒤통수만 보여주면 되겠구나. 내가 열심히 살아가는데, 설마 네가 어디 가서 사기를 치겠니? 내가 최선을 다해 살아가는데, 설마 네가 어디 가서 개차반으로 놀아나겠니? 그렇지?'

그런데 돌이켜 보니 나를 비롯한 우리 시대 많은 사람들에게는 가난이 축복이었다. 가난을 어떻게든 이겨내려는 오기와 근성, 그 어떤 어려움도 헤쳐 나갈 수 있는 적응력은 가난이 준 선물임이 틀림없다. 생각에 따라서 그건 행운 중의 행운이 아닐 수 없다. 풍요로움 속에서는 사람이 대체로 타락하기 쉽기 때문이다. 그러나 맑은 가난은 우리에게 올바른 정신을 지니게 한다. 물론 가난은 가난의 고리

1950년 중반, 아버지 직업은 산소용접공이셨다. 왼쪽이 나의 아버지이다.

를 끊어야 축복이 되는 것이다. 가난의 고리를 끊지 못하고 대를 이어간다면 그것은 결코 축복이 아니다.

가난이 정말 무서운 이유는 대를 이어가기 때문이다. 가난한 부모로부터 물려받는 것들이 있는데, 그중에 가장 나쁜 것은 나태한 습관이라고 본다. 여름에 더우면 늘어지고, 겨울에 추우면 이불 뒤집어쓰고 모든 게 귀찮다. 게으름이 문틈 사이로 막 기어들어 온다. 그 습관들을 과감하게 버리지 않으면 가난의 고리를 끊을 수 없다.

부모가 정말 성실해도 어쩔 수 없이 가난을 물려받은 자식들이 있다. 여기서부터 중요하다. 그 가난을 물려받은 자식이 부모를 원망만 한다면 또다시 가난이 대를 이을 수밖에 없지만, 가난을 축복이라고 생각하고 오기와 근성을 갖고 성실하게 어려움을 헤쳐 나간다면 그것은 결국 축복이 될 것이다. 따라서 가난이 축복이냐 아니냐는 자기 스스로 만들어 나가는 것이다.

정은혜 작가가 한 말이 있다.

"가난을 핑계로 꿈을 버리지 마라."

"애들아, 이런 말 어떻게 좀 가슴에 와 닿을 수는 없겠니?"

나도 큰 녀석에게 울면서 항변이라도 하고 싶은 말이 있다.

"흑흑…. 그래, 넌 정말 가난이 뭔지 모르겠구나.

그래 이해한다. 그런데 어떡하지?

그렇다고 내가 너를 위해 망할 순 없잖니?

안 그냐? 흑흑."

불편한 진실

작년 4월, 대구에서 '중앙컬처스클럽' 행사가 있었다. KTX를 타기 위해 서울역으로 가는 길이었다. 등이 조금 저려서 파스를 사기 위해 부근의 한 약국으로 들어갔다. 40대로 보이는 약사 선생님이 반갑게 맞아주시다 눈이 마주치고는 약간 놀란 듯 한 호흡 내쉬었다. 나를 알아본 것이었다. 연예인들은 흔히 발견하는 표정인지라 나는 반갑게 인사하며 말했다.

"파스 하나만 주세요."

"아, 네…."

약사 선생님은 그제야 따라 웃으며 파스를 집어 주셨다.

"얼마예요?"

나의 물음에 약사 선생님은 손사래를 치며 말씀하셨다.

"그냥 가져가세요. 선물이에요."

몇 번을 사양하다가 너무 사양해도 실례인지라 큰 소리로 "감사합니다!" 하며 나오려는데, 약국 안의 긴 의자에 앉아서 조제약을 기다리고 있던 할머니 중 한 분이 그 광경을 쭉 지켜보시다가 강하게 한 마디 던지셨다.

"살아있네~"

나는 혼자 빵 터졌다.

고마운 분들을 만날 때를 대비해 차에 준비해 놓은 내 노래 앨범에 사인을 해서 다시 약국으로 들어갔다.

"저기… 이거 그냥 받을 수는 없어서 별거 아닙니다만 기념으로 가지시라고요. 정성껏 사인도 했습니다."

아내는 나의 이런 행동을 제일 비웃는다. 누가 좋아하겠느냐는 것이다. 그런데 나는 여전히 많은 분들이 좋아하실 거라 믿는다. 앨범에 수록된 〈열두 냥짜리 인생〉과 〈귀곡산장〉 등을.

약사 선생님께 앨범을 드리고 나오면서 조금 전 마주친 할머니의 얼굴을 본 순간 나는 다시 참지 못하고 크게 웃음을 터트렸다.

"하하, 할머니…."

그러나 할머니는 웃음기 없는 표정으로 마무리하려는 듯이 뒷말을 던지셨다.

"살아있어~"

유쾌한 만남이었다. 세월이 가도 나를 알아봐 주시는 분들이 있다는 것은 내가 나이 들어가며 새롭게 생긴 감사함이다. 나와 한 시대를 같이 살아온 분들이 나를 봤다는 반가움 그 자체로 기뻐해주시는 것은 이루 말할 수 없는 기쁨이다.

지방에서 식당에 들어가면 반찬 하나라도 더 챙겨주시려는 분투성이며 심지어 돈을 받지 않겠다는 분들도 계신다. 그럴 때 그냥 나오게 되면 다시는 그곳에 가기 어렵다. 억지로 밥값을 쥐어드리지만 정말 강력하게 거부하실 때면 조금 깎아주는 걸로 해결하자고 말씀드린다. 김수환 추기경께서 "노점상에서 물건을 살 때 깎지 마라"라고 하신 말씀을 늘 기억하기 때문이다.

한번은 아내와 단골 수제비 집에 갔는데, 3명의 아저씨들이 초저녁부터 술을 한잔 하셨는지 나를 보자마자 소리를 지르며 알은척을 하셨다. 약간 불편했지만 나는 웃으면서 인사를 나누었다.

"이홍렬 씨! 내가 20년 전에 사인 받았어요. 요즘 왜 많이 안 나와요?"

약간 취기가 오르신 분이 큰 소리로 물었다.

"아, 네…. 방송 많이 했잖아요."

나는 간단하게 답했다.

아내와 내가 수제비를 먹는 동안에도 그들이 나에 대해 나누는 이야기가 들렸다. 그들은 이런저런 이야기를 나누더니 자리가 끝났는지 계산을 하며 우리 부부의 밥값을 대신 지불했다. 그러더니 극구 사양하는 나에게 정말 팬이라며 강하게 한마디 던지셨다.

"그동안 우리에게 많은 즐거움을 주셨잖아요."

이런 이야기를 들을 때면 정말 감동이 밀려온다.

나중에 가게 주인에게 물어보니 근처 중국집 주방에서 수십 년간 근무하신 분들이라고 알려주었다. 나는 그 중국집 전화번호를 메모하며 꼭 한번 찾아가겠다는 말을 건넸다. 그리고 나중에 선물해드릴 나의 노래 앨범도 차에 챙겨두었다. 몇 달 뒤 매니저와 그 중국집에 찾아가 중국 음식을 먹으며 사진도 찍고 사인도 해드렸다.

연예인들 가운데에서도 개그맨들은 웃음을 주는 직업인지라 영화배우나 탤런트들과는 확연히 다르게 훨씬 더 친근하게 대해주신다. 그리고 보면 연예인들을 대하는 팬들의 반응은 참으로 다양하다. 일단 알아보고 나서 처음부터 끝까지 계속해서 웃기만 하는 분들이 계신다. 여러 가지 프로그램이 오버랩되면서 즐거운 것이다. 반면 아주 점잖고 정중하게 인사하며 지나치는 분들도 계신다. 이런 분들 중 대부분은 우리를 아는 사람으로 착각하신 것이다. 심한 경우는 나중에 TV에 나온 것 보고 "아, 저 사람이었구나…"하고 깨닫는 경우도 있다. 그리고 알면서 끝까지 모르는 척하는 분들도 계신다. 힐끔힐끔 쳐다보기만 하다가 결국에 우리가 자리를 뜰 때쯤 따라 나오면서 한마디 툭 던진다.

"이홍렬 씨! 벌써 가나?"

참고 있다가 아쉬워 한마디 던지시는 거다.

날 보자마자 식구들에게 전화를 걸어서 알려주거나 합석하고 있는 동료들에게 계속 말하는 분들도 계신다. 그러면서 회의를 하신다.

"알지? 몰라? 아, 거, 왜 있잖아. 개그맨, 코가 큰… 거 왜, 귀곡산장…."

우리도 다 들리게 회의를 하신다.

어떤 분은 데리고 온 아이들에게 아빠가 좋아하니 너희들은 사진을 찍으라며 강요하시는 분들도 계신다. 그럴 때는 물론 내가 나서서 같이 사진을 찍는 경우가 많지만, 상당히 무안해지는 경우도 있다. 애들은 모른다고 하고, 엄마 아빠는 계속 주위에 다 들리게 설명해주시고….

그밖에 처음부터 화들짝 놀라 믿을 수 없다면서 말을 걸며 어쩔 줄 몰라 하시는 분, 사인 때문에 아무 종이나 갖고 와서 마구 때리며 반가움을 표하시는 분도 있다. 심지어 얼마 전에는 식당에서 지인들과 밥을 먹는데 한 어머니께서 우리 방 쪽으로 얼굴을 살짝 내밀더니 나에게 "까꿍" 하시는 바람에 나는 물론, 함께 자리한 많은 분들 모두 박장대소한 일도 있다. 사실 이런 모든 것들이 개그맨에 대한 친밀감 덕분에 받을 수 있는 특혜가 아닐까 싶다.

그런데 그런 반가운 인사만 있는 것은 아니다. 나이 들면서 방송 출연 기회가 뜸해지면서 새롭게 불편한 진실이 생기기 시작했다.

"이홍렬 씨, 요즘 뭐 하세요?"

〈오늘은 좋은 날〉의 '귀곡산장' 임하룡과 결혼식.

"요즘 왜 TV 안 나와요?"

방송이 뜸해지기 시작하면서 가장 많이 받는 질문이다. 팬의 입장에서 잘 안 보인다는 이야기다.

"아, 예…. 요즘 그래도 라디오 방송도 하고, 강의도 많이 다니고 그래요. 하하하."

"거, 좀 자주 나와요. 옛날 프로그램들이 좋았지, 요즘 뭐 프로그램들이 정신없잖아? 자주자주 나와요."

"아, 네. 감사합니다…."

이런 분들은 정말 나를 알아보고 좋아하는 분들이며 애정을 갖고 말씀하시는 거다. 그런데 문제는 그런 말들이 들으면 들을수록 기분 좋아지는 인사말은 아니라는 것이다.

'아… 연예인들이라면 단 한 명도 예외 없이 언젠가는 운명적으로 들어야 하는 말이 바로 요즘 뭐 하세요, 왜 TV에 안나와요, 로구나.'

진정 우리를 기분 나쁘게 하려는 의도가 아니며, 반가움과 더불어 예전보다 활동이 뜸한 것에 대한 걱정에서 하는 말이다. 맞는 말이긴 한데 듣는 나는 왠지 서서히 연예인 생활의 마감을 알리는 신호 같아서 갈수록 불편해진다.

모임에서 만난 한 기업 대표가 물어왔다.

"요즘 많이 바쁘시지요?"

아주 편한 질문이다.

"아주 적당히 바쁩니다."

"하하하. 그 연배에… 가장 좋을 때입니다."

평범한 대화지만 그렇게 고마울 수가 없었다. 그러나 모두가 그렇게 물을 수는 없다. 그런데 나를 생각해주는 그 멘트가 왜 불편할까? 언제부터인가 발길을 한 발짝 옮겨 새로운 분들을 만날 때마다 계속 같은 질문이 이어진다. 또한 방송 시스템이 많이 달라진 것과 더불어 나이 들며 점점 입지가 작아지다 보니, 어지간한 인기 프로그램이 아닌 다음에야 방송이 나간들 본 사람도 그리 많지 않다. 그래서 나중에는 방법을 달리해 보기도 했다.

"하하하. 못 보셨어요? 언제 TV 보시는데요? TV 보는 시간을 알려주시면 제가 그 시간에 맞춰서 한번 출연할게요. 하하하."

깐족거림이었다. 그것은 진정 나를 위하는 팬들의 질문에 좋은 대답은 아니다. 그러나 돌아오는 대답의 대부분은 우리를 더 맥없게 만든다.

"제가 요즘 먹고살다 보니 TV 볼 시간이 없어서요…."

나도 방송에 많이 출연하며 "하이고, 요즘 뭐 틀면 나오네요"라는 말을 매일같이 듣던 시절이 있었다. 그러나 이러한 질문을 많이 받는 나이가 되다 보니 점점 절실하게 깨닫는 것이 있다. 나는 자의로 유학을 갔던 때를 빼고는 중간에 타의에 의해 방송을 쉰 적이 없고

뜨문뜨문 출연한 시절까지 그래도 38년을 이어왔다. 하지만 얼굴은 알려진 채 나보다 먼저 방송을 떠나야만 했던 선후배, 동료들은 얼마나 힘들었을까?

사람들은 결과에 따라 평가하는 경우가 많다. 나도 두 번의 유학을 다녀오며 절실히 느꼈다. 엄청나게 스케줄이 많은데도 일본 유학을 갔던 것은 아니다. 그때 코미디 시장은 상당히 불황이었으며 프로그램 폐지 등 시기적으로 많이 힘들 때였다. 그런데 일본을 갔다 와서 박수를 많이 받으니 내가 인기 절정일 때 뿌리치고 일본을 다녀왔다고 말하는 사람들이 생겨났다.

98년 〈이홍렬쇼〉 100회를 마치고 미국 유학을 다녀왔을 때도 금방 시청률을 회복하니 "역시 이홍렬"이라고 신문에 대문짝만한 기사가 나더니, 2년이 지나면서 14~15퍼센트로 시청률이 떨어지니 미국 다녀온 뒤로 망가졌다고 말을 바꿨다. 방송국 주변에 있는 사람들 가운데 어떤 작가는 내가 잘 안 보이는 듯하니 일본 간 것은 좋았는데 미국 간 것은 오버였다며 수군대곤 했다. "휴" 하고 한숨이 나왔다.

아무튼 연예인들은 너나 할 것 없이 인기가 있으나 없으나 결국에 얼굴 알려진 사람이라면 최후에는 들어야 할 말이 "요즘 왜 방송에 안 나와요"이다.

친하게 지내는 가수 신효범에게(나보고 오빠라고 따르는 여자 연예인은 다 친하고 좋다.) 내가 요즘 그런 소리를 너무 많이 들어서 우울하다고 털어놓았다. 그런데 내 말이 채 끝나기도 전에 신효범이 말을 이었다.

"오빠는 이제야 겨우 그런 소리를 들으면서 뭘 그러우~ 나는 한때 자살까지 생각한 적도 있었어."

전혀 문제가 없어 보이는 가수가 그런 이야기를 했다. 약간 충격이었다.

최양락은 예전에 호주 유학을 갈 무렵 방송 무대가 뜸해지자, 한동안 코미디 프로그램을 속상해서 안 보았다고 말한 적이 있다. 나도 이제 나이가 들어 "요즘 왜 안 보여요?"라는 말을 듣게 되니 뒤늦게 그게 무슨 뜻이었는지 제대로 이해하게 됐다.

연예인의 우울증이 심각하다. 결국은 극단적인 선택을 하는 경우를 우리는 수없이 봐왔다. 댓글들은 무시하면 된다. 그것은 지극히 일부분이며 몇 명 안 된다. 그러나 그 몇 명의 댓글에 민감한 반응을 보이는 것이 연예인이다. 많은 연예인들이 심약하고 여리고 민감하고 예민하다. 사람들의 관심에서 멀어지면 괴롭기 시작한다. 많은 사랑을 받았던 연예인일수록 더 견디기 힘들어한다. 무시해도 될 댓글에 상처를 받고 고민에 잠 못 이룬다. 항상 웃으며 지내려고 노력하는 나도 악플이 달리면 예민한 성격에 우울증 걸리지 말라는 법도 없다.

인기가 있다가 뒤편으로 사라진 연예인들의 이야기를 들어보면, 사람을 만나면 듣기 싫은 소리 들어야 하니 아예 만나고 싶지 않다고 말한다. 나를 100퍼센트 이해해주는 사람이 아니라면 만나고 싶지도 않다는 것이다. 묻는 것이 빤하기 때문이다. 생각해준다고 한 얘기가 결국엔 상처가 된다. 대답할 것도 없다. 그래서 모임에 잘 안 가게 되고, 남들도 인기 없는 자신을 잘 찾아올 리 만무한 것이다. 이래저래 외로워지는 것이 인기인의 끝자락일 수밖에 없다. 단 한 가지 좋은 점은 인기가 있었을 때와 없었을 때, 다가오는 사람과 멀어지는 사람의 구분이 빨리 된다는 것이다.

연예인들은 사실 내려놓는 훈련이 안 되어있다. 짧든 길든 방송을 했던 기간과 상관없이 결국 내려와야 할 때는 내려와야 하는데 전혀 준비가 안 되어있다.

"자, 오늘 말씀 감사했습니다. 시간이 아쉽네요. 오늘 여기서 끝인사 나누도록 하겠습니다. 하이고, 이제 자주자주 얼굴 좀 보여주세요. 우리 모두 얼마나 좋아하는데요. 너무 그리워요, 하하하. 계획을 좀 들어볼까요? 앞으로 어떤 프로그램에서 볼 수 있을까요?"

내가 프로그램을 한창 많이 진행하던 시절, 왕년에 잘나갔던 인기인을 아주아주 오랜만에 초대할 때면 보통의 MC들의 깔끔한 뒷마무리처럼 나 역시 그저 틀에 박힌 듯한 마무리 인사를 나누었다. 그때는 이 멘트가 정겹게 나눈 뒷마무리 같았다.

그런데 지금 생각해보면 아니다. 아니, 누가 얼굴 보여주기 싫어서 안 나오는가? 누군들 프로그램에 안 나가고 싶어서 안 나가는가? 누군들 방송하는 거 싫어할까? 아무도 딴지 거는 사람 없다손 치더라도 참, 생각 없는 마무리였다.

한 프로그램에 나온 장경동 목사님은 TV에 다시 나서는 이유에 대해서 "사람들이 왜 TV에 안 나오냐고 하는 것이 나에게는 상처"라고 설명했다. 아니 연예인도 아니신 목사님께서 어떻게….

우리 부부가 좋아하는 정신과 전문의 김병후 박사님과의 식사 자리에서 공짜 상담을 했다. 김병후 박사님은 나와 눈높이(키)가 같고 권위 의식이 없어서 언제나 그분과의 만남은 편하고 즐겁다.

"박사님, 우리 연예인들이 한 사람도 빠짐없이 결국은 들어야 하는 말이 '요즘 왜 TV에 안 나와요?'인 것 같아요. 우리들이 사랑받았던 만큼 감내해야 하는 건지요. 사실 저만 그런 줄 알았는데 많은 연예인들이 공통적으로 느끼는 것들이더라고요. 다만 자존심이 강한 연예인들이다 보니 이야기도 제대로 못하고 있었던 것이지요. 정신적으로 피폐해지니 우리 나름대로 정신적인 치유가 필요할 거라고 생각해요. 경우에 따라서는 우울증과 더불어 극단적인 상태에 이르게 되잖아요? 사실 따지고 보면 아무것도 아닌데 상처로 다가와요, 네? '요즘 왜 TV에 안 나와요?' 당연한 질문이잖아요? 전 이즈음 돌이켜 보니, 정말 다행스러운 것이 〈초록우산 어린이재단〉에서 홍보대사로서 그동안 재능 기부를 하고, 후원자로서의 인연을 맺어 온

게 너무 감사하고, 좋은 일을 꾸준히 하게 해준 어린이재단이 정말 고맙게 느껴집니다. 끊임없이 제가 할 일이 있고, 저를 계속 찾아 주잖아요?"

김병후 박사님은 내 이야기를 가만히 듣고 나서 말씀하셨다.

"맞습니다. 이홍렬 씨는 특히 봉사활동을 꾸준히 해오신 게 그게 잘하신 거예요. 사람들은 누구나 관심을 받고 싶어 합니다. 그러나 그 관심이 멀어지면 외롭고 견디기 힘들어하지요. 특히나 연예인들은 직업상 더하지요. 그런 면에서 이홍렬 씨의 봉사활동은 그런 것들을 극복해나가는 데 아주 적당한 돌파구예요. 슬기롭게 잘 극복해나가고 있는 것이지요."

상담 중에 칭찬을 받아서 나는 순간적으로 기분이 좋아졌다.

술이 한두 잔 오고 간 뒤 김병후 박사님은 잠시 전문가의 입장에서 벗어나 지극히 인간적인 모습을 보여주셨다.

"근데 있잖아요, 이홍렬 씨. 사실 나도 〈아침마당〉 20년 해왔잖아요. 그거 그만두고 나서 아주 죽겠어요. 만나는 사람마다 '요즘 〈아침마당〉 왜 그만두었느냐'는 거예요. 그것도 한두 번 듣는 이야기지 허구한 날 들으니까, 짜증 나요. 아니 내가 그거 그만두고 싶어서 그만두었냐고요. 아, 거 이제 제 후배들도 많이 컸지 않습니까? 아쉽지만 이제 제가 그만 나올 때가 된 거지요. 그런데 거 만나는 사람마다 왜 〈아침마당〉 안 나오느냐, TV 안 나오느냐, 이거예요. 아주 죽겠어요. 난 특히 아내가 나한테 그러면서 속상해할 때마다 내가 더 속상해요. 아니, 내가 안 나가고 싶어서 안 나가는 거냐고요. 그죠?"

"푸하하."

이래서 박사님과의 만남은 즐겁다.

"박사님! 근데 저기 있잖아요. 오늘 그거 제가 위안받으려고 물어본 거걸랑요?"

둘이서 한바탕 웃고 난 뒤에 김병후 박사님은 멋진 마무리를 들려주었다.

"대중의 사랑이라는 것은 엄청난 의미입니다. 인간의 행복은 사람들과의 교류를 통한 사랑의 호르몬 양에 의해 결정되는데, 대중이 알아본다는 것은 그만큼 많은 사람들과의 교류가 일어나고 결과적으로 일반인이 경험할 수 없는 엄청난 양의 호르몬이 뇌에서 분출된다는 의미예요. 그런 뇌 상태에 있다가 사람들의 뇌리에서 멀어지는 것은 그만큼의 상실을 겪는 것인데, 그 고통은 상상 이상이라는 것이지요.

'요즘 잘 보이지 않네요?'는 사람들이 연예인을 볼 때 가장 자연스럽게 하는 반응입니다. 가장 많이 듣는 것이 그 이유이지요. 연예인들은 숙명처럼 받아들여야만 합니다. 연예인들에 따라 속상해하기도 그렇지 않기도 합니다. 그 말에 의연한 사람일수록 현재 교류하고 있는 관계의 양과 질이 높을 가능성이 있다는 것입니다. 가족과의 친밀한 관계, 폭넓은 지인들과의 교류, 그리고 여러 사회 활동의 참여가 행복을 결정하는 관계 호르몬의 분비를 높게 유지시켜주기 때문이지요. 제일 위험한 경우가 정상에서 멀어진 후 사람들과의 교류를 줄이는 것입니다."

"사람과의 교류,

그것이 행복으로 가는 첫 번째 순서이다."

성공인가,
성공적인 삶인가

왕년에 잘나갔던 시절을 이야기하는 것만큼 어리석은 것은 없다. 광고 촬영도 밥 먹듯 하고, 언론 인터뷰도 거의 일주일 내내 하루 한 번씩 하고, 개편 시즌만 되면 MC 출연 섭외를 어떻게 정중하게 사양하는 것이 가장 매너 있고 이상적일까 고민했던 그 시절을 지금 이야기하는 것처럼 어리석은 일은 없는 것 같다. 다 지나간 일 아닌가. 그거 이야기해서 무슨 소용 있겠는가. 절대 하지 말자.

편안하게 그냥 "괜찮았던 그 시절, 그 무렵이었다"라고 하자. 좋다! 이렇게 이야기하는 것이 한결 매너 있어 보인다. 아무튼 〈이홍렬쇼〉 등이 꽤 괜찮았던 그때 그 시절, 인터뷰를 하면 많은 기자들의 공통된 질문이 하나 있었다.

"이홍렬 씨, 성공의 비결이 뭡니까?"

와, 기자분들이 어디 모여서 아이디어 회의를 하셨나? 그리고 손가락 걸고 서로 약속이라도 했나 보다. 이홍렬 만나면 그 질문을 하자고 말이다.

그때 나는 '으흠, 그렇다면 내가 성공이라도 한 것이란 이야기로 군. 허긴 개천에서 용이 난 것이기는 하지 뭐…. 자라온 태생이 있는 데 내 이름이 걸린 토크쇼까지 하게 될 정도라면, 그런 질문 몇 번 받아도 되는 거 아니야?'라고 생각했던 것 같다.

당시 그 질문에 어떻게 대답했는지 기억을 더듬어본다. 아마 한두 가지가 아니었던 것 같다.

"한 가지만 생각했습니다. 최선을 다했습니다."

"그저 이거 아니면 난 할 것이 없다고 생각하고 죽자 사자 했습니다."

"열심히 가지고는 안 됩니다. '열심히'보다 '더 열심히' 했습니다."

"이 바닥은요, 강을 거슬러 올라가는 배입니다. 가만있으면 뒤로 처집니다."

"이 바닥은 게임이 끝나지 않는 터인 거 같아요. 잘나간다고 목에 힘 줄 것도 없고 못 나간다고 풀죽을 필요도 없지요. 잘나가는 사람 도 게으르고 나태하면 별 볼 일이 없어지고, 못 나가는 사람도 최선 을 다한다면 내일 뭔가 또 달라지는 것 아니겠습니까? 푸하하하."

어디서 주위들었는지, 겸손한 척하면서 말도 잘했다. 물론 지금 생 각하면 그 시절의 그 이야기들이 교만이었던 것을 알지만, 그 당시 는 그저 그것이 최고의 겸손이라고 생각하고 굳게 믿었다.

가만히 보면, 인기 절정에서 박수를 많이 받고 있는 사람들 입장 에서 하는 인터뷰 내용은 기자들이 기사도 잘 써주어 입에서 나오는 이야기마다 전부 명언집이 된다. 하긴 인터뷰가 하도 자주 있어서 기자들이 물을 말을 이미 다 꿰고 있을 정도였으니 말해 무엇하랴.

중요한 것은 십수 년이 지난 지금, 지금은 아무도, 그 아무도 나에게 성공 비결을 묻는 기자들이 없다는 것이다. 그렇다면 나는 인생을 잘못 살아온 것일까? 아니다. 나는 정말 〈이홍렬쇼〉 이후에 더 열심히 살아왔다. 변함없이 늘 기대에 어긋나지 않게 최선을 다해 살아왔다. 그런데 왜 성공 비결을 물어보는 이들이 다 사라졌을까? 그런 기자들이 다 이민을 갔는지 지금은 내 곁에 없다.

'나쁜 사람들! 얄미운 사람들! 그럴 수가 있을까? 나에게 등을 돌려도 그렇게 돌릴 수 있단 말인가?'

그러니까 더 정확하게 이야기하면 나이가 들었기 때문일 것이다. 정말 깊이 깨달은 것이 있다.

'아아… 성공이라는 것은 살아생전에 감히 이야기하는 것이 아니로구나. 성공은 그저 잠깐 스쳐 지나가는 것이로구나.'

성공이란 무엇일까? 성공은 단지 최선을 다한 결과에 잠시 나타나는 결과물이다. 하나의 일에 최선을 다하면, 나름대로 정한 성공이라는 고지에는 다다를 수 있다. 그러나 살아있는 사람이 섣부르게 자기가 성공했다고 이야기하는 것은 아닌 것 같다. 성공은 그 사람이 죽은 다음에 살아남아 있는 이가 그 사람이 정말 성공적으로 살았는가, 아닌가 하는 평가를 내리는 것이라 생각한다.

우리는 성공했다고 인정받고 자부하는 이가 하루아침에 추락하는 예를 얼마나 많이 봐왔던가. 그리고 얼마나 많은 사람들이 성공한 다음에 좋은 모습을 계속 이어가지 못하고 나락으로 떨어졌던가. 지금 성공한 사람이 내일 마약을 하거나 사회적으로 큰 물의를 일으킨다면 그것은 성공적인 삶이 아닐 것이다. 현재 성공했다고 인정받는 이가 도박을 하거나 음주운전 뺑소니에 국민을 기만하는 일을 했다면, 과연 그 삶은 성공한 것일까.

성공보다 더 중요한 것은 '성공적인 삶'이다. 성공적인 삶은 무엇일까? 사람마다 생각하는 바가 조금은 다를지 몰라도 적어도 나에게 있어서 성공적인 삶은 '나누면 커지는 행복을 아는 삶'이다.

이제껏 내가 받아온 그 사랑을 될 수 있으면 많이많이 나누어주어서 내가 죽은 다음 살아있는 나를 기억해주는 사람들이 대체적으로 '저 인간 정말 인간답게 잘 살다 가네'라고 한다면 그것이 바로 정말 멋진 성공이고 성공적인 삶일 것이리라.

시간이 이렇게 훌쩍 지나고, 연예계에서 살아온 세월을 돌아보게 되었다. 감사한 세월이다. 그나마 뒤늦게 박수를 많이 받아 더욱 다행이라고 생각한다.

문득 '수십 년간 개그맨으로 방송 활동을 했던 나는 무엇을 남겼는가?'라는 의구심이 들었다. 그때 절친한 친구인 가수 전영록과 이문세가 떠오르며 부러워졌다.

'아하, 이들은 노래가 남는구나.'

전영록만 보더라도 〈애심〉을 비롯해서 〈나그네길〉 〈사랑은 연필로 쓰세요〉 〈불티〉 〈아직도 어두운 밤인가 봐〉 〈저녁놀〉 〈그대 우나 봐〉 〈이제 자야 하나 봐〉 등 히트곡을 나열하기 숨 가쁘며, 게다가 〈돌아이〉를 비롯해서 영화까지 나열하자면 호흡 곤란이다. 이문세도 숨 가쁘다. 〈파랑새〉 〈난 아직 모르잖아요〉 〈가로수 그늘 아래 서면〉 〈사랑이 지나가면〉 〈붉은 노을〉 〈가을이 오면〉 〈휘파람〉 〈광화문 연가〉 등.

가수들은 언제 어느 때나 팬들과 만나 노래를 통해 과거로 추억여행을 하고 온다. 부른 노래 또 불러도 누가 시비 걸 사람은 없다. 사랑하는 팬들과 함께 자리할 기회가 생기면 콘서트 등을 통해 그저 즐겁게 불러 젖히면 된다. 그 이튿날 또 다른 이들을 만나서 또 불러도 된다.

개그맨들은 그리고 나는 어떠한가? 무엇이 남았는가? 많은 프로그램 콩트, 토크쇼가 있지 않느냐고 위로의 말을 듣기도 한다. 하지만 그것도 잠시 위안일 뿐이다. 나를 아껴주는 팬들을 만났다고 해서 많은 분들이 기억한다는 〈귀곡산장〉을 떠올리며 노래와 함께 할머니 흉내를 내겠는가.

"망태 망태 망망태 망구망구 망망구…."

아니면, "이홍렬쇼!"라고 외친 다음 뿅망치를 들고 '참참참 뿅망치 대결'을 하겠는가. 그것도 아니면 이휘재를 불러내서 "형, 어디가!"를 한 번 외치겠는가.

'아… 우리에게는 몇십 년을 해도 남는 게 없구나. 무엇이 남을까?'

나는 오래전에 주간지에 이런 글을 쓴 적이 있다.

"여성 코미디계의 거목 백금녀 선배가 이 세상과 영원한 작별을 했다. 그런데 쓸쓸한 빈소를 보며 가슴이 아려왔다. 같은 무렵, 작곡가 길옥윤 씨는 〈서울의 찬가〉, 〈이별〉 등 수많은 노래를 남기고 고인이 되셨다. 정부에서는 대중예술에 기여한 그의 공을 기려 보관문화훈장을 주었다. '서울의 찬가 노래비' 건립도 추진 중이다. 그렇다면 코미디언은 무엇을 남기는가? 순간순간 덧없이 날아가 버리는 웃음은 아무것도 남길 수 없는 것인가? 우리 개그맨들은 무엇을 남길 것이며 나는 무엇을 남길 수 있는가? 서영춘, 백금녀 두 분의 뒤를 이어 이세들이 코미디계의 맥을 잇고 있다. 서현선과 강민. 나는 두 사람과 고인이 되신 선배님의 명복을 빌면서 함께 생각해 보고 싶다. 우리는 보이진 않지만, 사람들 가슴속에 영원히 남는 '웃음비'라도 만들자고."

95년에 이 글을 쓸 당시 나는 많이도 생각했던 모양이다. '웃음비'라는 추상적인 것 말고 우리에게 남는 것은 과연 무엇일까? 허망했다. 그러다 나이가 들고 철이 조금씩 들면서 크게 느낀 것이 하나 있

1996년 2월 7일 〈이홍렬쇼〉 제1회 때이다. 2001년 4월 23일까지 했다.

다. 우리가 남길 수 있는 것은 나눔과 봉사라는. 참으로 상투적으로 들릴지 모르겠으나 개그맨이 누구보다도 효과적으로 해낼 수 있는 것은 나눔과 봉사이다. 나이가 들어도 누구 앞에서든 초라해지지 않으려면 내가 이 일을 꾸준히 해나가야 한다는 것을 뒤늦게 알게 되었고, 나도 모르게 사회복지기관과 맺어온 인연에 감사함을 느끼는 순간이다. 자신의 일부만 조금 나누어도 그것이 모이고 모여 얼마나 커지는지, 그리고 그 실천하는 삶이 얼마나 중요한지 많은 사람들과 함께 깨달아가고 싶다.

내가 부러워했던 전영록과 이문세가 결국에는 나를 부러워할 실적을 쌓아보자. 굳이 남기고 갈 거야 없지만, 열심히 산 흔적이라도 남기고 가야 하는 거 아니겠는가. 그것이야말로 사랑이고 자랑이고 싶다.

"나는 정말이지,
성공적인 삶을 살고 싶다."

연예인으로 살아가기

"많이 아프셨어요?"

"매일 소주를 많이 드셨어요. 그러고는 코미디 프로그램을 보면서 속상해하셨어요. 저게 무슨 코미디냐고…. 속이 새까맣게 타들어 가셨어요."

"아, 따님 한 분이 외국 유학을 갔다가 형편이 나빠져서 다시 들어오셨다고 들었는데요…."

"네… 바로 제가 그 딸이에요."

이름 석 자만 대면 누구나 알 만한 선배님 한 분이 돌아가셨다. 나이가 들면서 언젠가부터 방송에서 찾지 않기 시작한 때가 왔다고 했다. 아무리 전성기를 맞았던 사람이라도 때가 되면 서서히 방송국에서 찾지 않는 시기가 온다. 있을 때는 영원할 것 같았던 인기가 언젠가는 사그라지면서 서서히 대중들에게서 멀어져 가는 것은 당연한 사실이다. 누구에게나 앞서거니 뒤서거니 찾아온다. 나만 영원히 찾아오지 않았으면 좋겠지만 결국에는 모든 사람들에게 찾아온다.

"우리의 인생도 끝이 있는데, 하는 일에 왜 끝이 없겠는가?"

잘 견디면 더욱 행복하고, 견디지 못하면 괜한 분노와 우울증에 시달릴 수도 있다.

방송을 하는 우리 모두의 꿈은 송해 선생님처럼 오래오래 활동하는 것이다. 이제 연세가 아흔이 넘으셨고, 이순재 선생님보다도 연세가 훨씬 많으시니…. "얘, 순재야" 그러면 "네, 형님. 나이가 있어서 보험이 안 되신다고요? 저, 이순잽니다" 하면서 달려가실 것 같다.

몇 년 전에 60세를 바라보는 나에게 많은 분들이 격려하듯 이런 이야기를 한 적이 있다.

"〈전국노래자랑〉은 송해 선생님 다음으로는 이홍렬 씨가 제격인데요."

난 더 이상 이야기가 진전되지 못하도록 바로 말을 잘랐다.

"저기요, 그런 소리 절대 하시면 안 돼요. 하지 마세요."

"아니, 왜요?"

"제 위로 후보가 여러 명 있거든요. 자, 보세요. 뽀빠이 이상룡, 허참, 임성훈, 김성환…."

"아…."

"그리고요, 중요한 것은 그 사람들 전부 그거 기다리다가 나이 70이 다 되셨어요. 아마 바로 다 재끼고, 송해 선생님이 좋아하는 이수근에게 갈지 몰라요."

"그러네요."

"근데, 더욱 중요한 것은 나한테 제의가 오면 거절은 안 해요."

그러고는 또다시 우리의 덕담!

"하하. 우리 다 안 해도 좋으니까 송해 선생님 100세까지 하세요."

100세 시대를 맞이했다고 하지만 누구나 100세까지 살지 못하며, 80대 300만 시대에 누구나 80세를 맞이하지는 못한다. 그러니 아주 예외인 송해 선생님과 자신의 처지를 비교하며 속상해하는 사람은 바보다. 우리의 꿈은 송해 선생님이지만 그분처럼 누구나 90세가 되도록 코미디를 하고 MC를 보기는 참으로 어려운 일이기 때문이다. 아니, 더더군다나 그렇게 살기도 결코 쉬운 일이 아니다.

100세까지 코미디를 하건 방송을 하건, 그런 소망이 있었으나 그렇게까지는 못했던 코미디언이건 '웃음을 동반한 행복'을 주었던 코미디언은 그 끝자락이 행복했으면 좋겠다.

예전 선배님들의 유랑극단 시절. 그분들이야말로 가장 어려운 시절을 살아가던 우리 부모님들께 한 줄기 빛처럼 웃음으로 어려운 살림살이를 헤쳐 나갈 수 있게 위안을 주신 분들이다. 그래서 그 끝자락이 행복했으면 좋겠다. 적어도 많은 웃음을 실은 행복을 주기 위해 노력한 선배님들이 행복했으면 좋겠다.

우리 시대에 이르러 아이디어 회의가 본격적으로 시작됐다. 정말 엄청 많은 시간을 아이디어 회의를 하며 보냈다. 지금은 마당극도 연출하고 영화도 만드는 감독 서승만의 신인 개그맨 시절 별명은 '컵라면'이었다. 밤마다 컵라면을 뽑아와야 했던 막내였기 때문이다. 그것도 선배님들이 유랑극단 시절에 이어 방송국에서 터를 닦아 놓지 않으셨다면 우리가 본격적으로 개그의 문을 열 수 있었을까? 그리고 어떻게 우리가 아이디어 회의를 해나갈 수 있었겠는가.

선배에게 배우지 않은 후배가 어디 있겠는가. 코미디가 어디 1대 1로 선배님들이 가르쳐주어야 배울 수 있는 것인가. 코미디는 그냥 함께 생활하면서 그 생활 속에 녹아들어 선배님들에게 배운다. 저작권이 없기 때문에 그냥 갖다 쓰면서 배운다. 만일 맨 처음에 코미디를 한 사람이 저작권을 갖고 있었다면, 우리는 코미디를 할 때마다 저작권 때문에 골치깨나 아팠을 게다. 따라서 맨 처음 이 터를 닦은 선배님들이 행복해야 할 이유이다.

그런데 중요한 것은 우리 행복은 우리가 찾아야 한다. 자기 복은 자기가 찾는 게 제일 중요한 법이니까. 우리들이 반드시 행복해지기 위해서 나는 세 가지를 제안해 본다.

첫째, 절대 비교하지 말자!
개그맨 김정렬이 많이 속상해한다. 비교해서 생기는 문제다. 비교뿐 아니라 남에게 내가 해준 만큼 되돌아오지 않는다고 생각하고 있

〈이홍렬쇼〉에 출연하신 송해 선생님과 함께.

으니 더욱 속앓이를 한다. 비교하면 비극이 얼마나 많이 싹트는지 설명해주었다. 남과 비교하는 순간에 비극은 정말 싹을 틔우고 활짝 꽃을 피운다. 그래서 수많은 후배 개그맨이 김정렬을 부러워한다고 이야기해주었다.

"자네는 건물에서 세가 나온다며? 아니 세상에 그런 팔자가 어디 있니? 몇 명 안 되는 위를 보면서 힘들어할 껴? 아니면 자네를 부러워하는 수많은 동료, 선후배들 보면서 행복해할 껴?"

김정렬은 한참을 듣더니 특유의 발음으로 대답했다.

"아우, 형이 그렇게 이야기해주니까 한결 낫네요. 아~ 좋다."

살아가면서 누구에게나 해당되는 것이겠지만 나는 연예인들이야말로 세 가지 기氣를 잘 구분해야 한다고 생각했다. 지금 생각해도 잘 생각한 것 같다. 기에는 의기소침意氣銷沈과 기고만장氣高萬丈, 그리고 의기양양意氣揚揚이 있는데 우리는 항상 가운데 선을 잘 지켜야 한다.

연예인이 의기소침하면 제 기량을 마음껏 발휘할 수 없다. 코미디도 소재 제약이 많으면 의기소침해 웃음을 제대로 전해주기 힘들고 항상 풀이 죽는다.

반면, 그 기가 지나치게 충만하여 너무 기고만장하게 되면 항상 탈이 난다. 팬들의 사랑이, 그리고 주어진 복들이 다 자신이 잘해서 얻은 것이라고 착각해 있는 거만을 다 떨며 딴짓을 하게 된다. 그러니 항상 의기양양하게 활동한다는 것은 그만큼 찾아온 행복의 원천도 안다는 이야기다. 즉 우리가 늘 갖고 있어야 할 것이 의기양양이라는 말이다. 본인이 인기를 다해도 왜 다했는지를 겸허하게 받아들이고, 비교하지 말며, 질투하지 말아야 우리는 행복하다. 행복한 가운데 새로운 의기양양도 다시 찾아온다고 믿는다. 비교하면 비극이다.

둘째, 전성기의 끝이 있음을 반드시 알자!

대부분은 앞서 말한 것처럼 어느 정도 나이가 들어 한 시절이 가면 서서히 대중들의 기억에서 멀어지게 되어있다. 예전의 흑백 영화 시절의 스타와는 질적으로 다른 연예계다. 지금 우리는 예전과 다른 SNS 시대에 살고 있기 때문이다.

예전에는 집에서 아내가 그날그날 방영되는 프로그램을 녹화해주는 것이 일이었다. 그날의 코미디 관련 프로그램, 또는 새로운 오락 프로그램이라도 있으면 나는 저녁 늦게까지라도 철저하게 다 보고 나서야 잠을 잤다. 혹시 실수로 집에서 녹화를 거르는 날이면 얼마나 난리를 쳤던지….

물론 지금은 절대로 불가능하다. 예능, 코미디 프로그램이 넘쳐난다. 이제는 아예 보지 않는다. 화제가 된 장면이 있으면 휴대전화로 손쉽게 찾아서, 그 부분만 번개같이 볼 수 있는 세상이다.

많은 분들이 지금도 가끔 예전 개그맨들에 대해 칭찬해주신다.

"요즘 볼 것이 없어요. 뭔 소리들 하는 줄도 모르겠고…. 옛날 개그맨들이 너무너무 웃겼어요."

같은 시대를 살아오신 분들의 응원이며 격려이다. 그러나 알고 보면 시대가 바뀌면서 소품 등이 더 좋아지고 아이디어 소재가 폭넓어져 지금 볼 것이 더 많다.

그러면 우리 나이에는 아이디어 회의를 할 수 없을까? 충분히 할 수 있다. 젊었을 때 하던 이력이 붙어서 할 수 있다. 전유성, 김학래, 황기순, 최양락, 남희석 등 MBC, KBS, SBS 개그맨들이 섞여서 매일 매일 아이디어 회의를 하면 중년들을 위한 기가 막힌 콩트를 할 수 있을 것이다. 그러나 그 회의가 며칠, 몇 시간이나 지속되겠는가. 각자 사업체며 중요한 위치에 놓여있기 때문에 바빠서 불가능하다.

아이디어 회의는 할 수 있는 나이가 있다. 아침 프로그램을 할 때나 토크 프로그램을 할 때 회의를 주관한 적이 있다. 아침 프로그램은 5일 방송에 외주 제작사가 일곱 개다. 회의의 중요성을 확실히 알고 있는 내가 아무리 주선해도 일곱 군데를 돌아다닌다는 것은 무리며, 일단 나이 든 MC가 회의하러 오는 것을 달가워하지 않는다.

어느 집단이나 마찬가지다. PD들도 나이 든 사람하고 일하기 힘든 법이다. 다루기 쉬운 어린 아이들이 더 편하고 좋은 것이다. 내가 마음을 먹는다고 해서 다 이루어지는 것은 아니다. 누군가 같이해주는 사람이 있어야 하지 않는가. 그렇다고 내가 직접 제작할 수는 없는 노릇이다.

선배들 가운데는 자식들 사업 자금 대 주느라고 모아놓은 재산을 다 날리고, 어렵게 사는 분들이 있다. 그들은 왜 자식들 사업에 애써 벌은 돈을 전부 투자했을까? 방송에서 찾지 않고 인기도 점점 없어진 자신들로서는 더 이상 기댈 곳도 없을 텐데 말이다. 그런데 사실 그렇기 때문에 더 자식들의 사업에 투자한다. 많은 돈을 자식을 통해 벌어서, 없어진 인기 대신 자식이 성공한 모습을 보여 주고 싶은 것이다. 그런데 선배님들은 강하게 말씀하신다.

"절대 자식들 사업한다고 하면 돈 대주지 마라."

불행하게도 이미 모두 사업 자금을 대주었던 선배들이 하는 말이다. 모든 것들이 전성기가 끝났음을 알아야 한다.

셋째, 일반인으로 돌아가 후배들의 무대를 무조건 웃고 즐겨야 하겠다. 연예인은 될 수 있는 한 빨리 '일반인으로 거듭나기'를 해야 행복에 더욱 가까워질 수 있다. 언젠가는 인기에서 조금씩 멀어지다 잊힐 수밖에 없는 게 연예인 생활이라 견디기 힘들 수 있다. 그러나 내가 먼저 일반인으로 돌아가는 노력을 해서 행복한 일반인으로 거듭나기만 하면, 오히려 다가오는 따뜻한 시선에 행복감은 몇십 배일 것이다.

내가 행복해지기 위해서는 일반인이 되는 연습을 해야 한다. 연예인이 일반인이 되는 연습을 빨리 해야 행복해지듯이, 일반인들도 전성기 시절을 빨리 털어버려야 행복해질 수 있다.

일반인으로 자연스럽게 보내려면 제일 먼저 후배들의 개그를 즐겁게 봐주어야 한다. 후배들 개그를 보고 즐거워야 한다.

아무튼 선배급 개그맨들이여, 이제 우리가 웃을 차례다. 웃지 않는다고 해서 절대로 다시 그 자리로 돌아갈 수 없다. 웃으면서 내가 먼저 행복해야 한다. 난, 오늘도 후배들을 향해서 소리친다. 내 건강을 위해서 소리친다. 나는 후배들이 하는 TV 프로그램을 보며 이렇게 이야기한다.

"예전에 내 개그 보고 자랐지? 그때 많이 웃었지? 이번에는 자네들 차례야. 많이 좀 웃겨줘, 응? 너희들은 나와 우리 선배, 동료들이 주는 웃음 보면서 자라왔지. 신나게 웃었을 것 아니야? 너희들이 수많은 나날들을 어떻게 날밤 지새며 개그를 준비했는지 적어도 우리는 다 알아. 우리가 그렇게 해왔으니까 이제는 너희들이 우리를 웃길 차례야. 나는 신나게 터질 준비가 되어있어. 예상한 것도 웃어 줄 테지만, 내 허를 찔러다오. 어지간한 아이디어 내서는 안 될걸. 그래, 그래….."

"푸하하하하하하… 웃긴다.

근데 얘들아! 이거 예전에 우리가 했던 거 조금 바꾼 거 아냐?

그래도 푸하다.

괜찮아, 우리도 그런 적 있거든. 푸하하하하!"

어제와 다른 오늘

"누워있지 말고 끊임없이 움직여라. 움직이면 살고 누우면 죽는다. 하루에 하나씩 즐거운 일을 만들어라. 하루가 즐거우면 평생이 즐겁다."

뭔가 이것은? 노후를 즐겁게 보내는 지혜? 내 나이가 얼만데 이런 게 눈에 띈단 말인가? 그러면서도 그다음 문장들이 순식간에 눈에 들어와 꽂혔다.

"마음에 안 들어도 웃으며 받아들여라. 이 세상 모두가 내 뜻대로 되는 건 아니다."

그거야 당연하지. 쉽진 않지만….

"아무리 효자여도 간섭하면 싫어한다."

어이구, 걱정하지 마세요. 간섭하기도 싫어요. 그다음.

"젊은이들과 어울려라, 활력이 생긴다."

나야, 어린 친구들하고만 놀아서 탈이지. 그리고 또 뭐?

"한 번 한 소리 두 번 하지 마라. 말이 많으면 따돌림받는다."

당근이지, 당근이지. 근데 난 같은 단어 두 번 반복하는 게 습관인
데…. 어떡하지? 어떡하지?

"모여서 남 헐뜯지 마라."

이건 어렵군. 마음 맞는 사람끼리 잘근잘근 씹어주는 맛이 정말
괜찮은데. 아무래도 안 되겠다. 한꺼번에 전부 훑어보자. 참으로 구
태의연한 말들의 나열이다. "알아, 알아, 누가 모르나. 너나 잘하세
요"라는 말이 저절로 나오는 가운데 딱 한 가지가 가슴에 와서 파악
꽂혔다. 그것도 깊숙이….

"대접받으려고 하지 마라, 어제가 다르고 오늘이 다르다."

이건 노후에 이르는 사람에게 이야기하는 것이겠으나 우리 연예인들에게는 특히 가슴에 안고 머리에 새겨야 할 말이다.

함부로 할 이야기는 아니지만 A급 연예인과 그에 버금가는 다른 분야의 A급 스타가 결혼하게 되면 이구동성으로 웬만큼 노력하지 않으면 살아가기 힘들다고 한다. 둘 다 대접만 받고 살아왔기 때문이다. 결혼 생활에 서로 대접만 받으려고 하니 얼마나 힘들고 피곤하겠는가. 교대로 대접받으려고 해도 문제 될 것이 없으며, 서로 대접하려고 할 때는 부딪치는 게 없을 터인데….

그러는 난, 연예계 생활 동안 얼마나 많은 대접을 받고 살아왔을까? 79년, 생전 처음 KBS 〈여의도 청백전〉에 출연하고 그 이튿날 명보극장 앞에서 땅콩과 오징어를 사는데 주인아주머니가 나를 최초로 알아봤다. 땅콩 몇 알 더 주고, 오징어 큰놈으로 구워 주면서 나의 대접받는 시대의 막이 올랐다. 그것은 틀림없이 신호위반이었다.

어느 정도 개그맨 생활에 젖어갈 무렵 급했던 나는 좌회전 신호위반을 하고 달려갔는데, 오토바이를 탄 경찰 한 명이 쫓아왔다. 차를 길가에 대고 자동차 창문을 활짝 내렸다. 내 얼굴을 전체 다 볼 수 있게. 그리고 환하게 웃으면서 경찰관을 맞이했다. 우선은 인정하는 게 최선이다.

"안녕하세요. 죄송해요. 제가 녹화 때문에 급해서…."(사실 녹화 아니다.)

"뭐야, 이홍렬 씨잖아? 아, 나 참. 괜히 쫓아왔네, 이거. 어여 가요."

이날 이때까지 교통경찰에게 연예인 대접받은 게 몇 건일까?

"어머나, 어머나, 이게 누구야? 이홍렬 씨잖아. 어떻게 우리 식당까지 왔어? 응?"

"하하하하. 맛집이잖아요. 잘 되시죠?"

"내가 서비스 듬뿍 주고, 맛있게 해줄 테니까 이따 사인 한 장 해주고 가요. 알았지? 사진도 찍고…."

이제까지 전국의 식당에서 특별한 대접을 받은 것들을 세면 이루 헤아릴 수도 없이 많다.

공항에 들어갈 때는 신분증과 비행기 표를 제시해야 한다. 초창기에는 신분증은 꺼내지도 않았다. 비행기 표만 들고 얼굴만 내밀면 통과였다. 혹시 "그래도…" 하면서 신분증을 꺼내는 시늉을 하면 "어디 가세요? 팬이에요. 그냥 들어가세요"라는 반응이 나왔다. 기다렸던 바다. 그만큼 대접받기에 익숙해져 있었다. 거기에 익숙해져 "신분증 주세요!"라는 말을 듣는 날에는 바로 꺼내는 주지만 굉장히 서운해진다.

초창기에야 당연히 나보다 나이 많은 PD가 하라는 대로 했다. 난 그저 내 자리에서 성실하게 준비해서 출연했다. 하루하루 최선을 다했다. 그것이 꿈에 그리던 연예계에 발을 디딘 내가 목숨을 걸고 해야 할 일이었다. 서서히 관록과 경력이 쌓이며 어느 정도 연예계에서 자리매김을 하게 되고, 나보다 어린 PD들이 생기고 나니 나를 대접하는 PD들이 생기기 시작했다. 아마 뒤늦게 대학을 나온 후 일본을 다녀오면서부터 본격적인 대접받기에 들어간 것 같다.

MBC 콩트 프로그램 〈오늘은 좋은 날〉에서 할머니로 출연했던 '귀곡산장', MBC 〈일요일 일요일 밤에〉의 '한다면 한다'라는 코너에서 번지점프, 스카이다이빙 등을 하던 시절부터 SBS로 자리를 옮겨 〈이홍렬쇼〉를 할 당시에는 그 대접받기가 절정에 달했다.

프로그램 대접받기의 첫 번째가 무엇일까? 스케줄을 나에게 맞추는 것은 기본이고 일단 출연료는 선지급이다. 6개월 치 출연료는 기본으로 미리 받았다. 원하기만 하면 1년 치도 미리 받을 수 있었다. 본부장과 밥을 먹을 때면 그는 나에게 다른 프로그램 하나 더 해달라는 부탁을 했다. 심지어는 우리 방송국만 출연해달라는 요구도 있었다. 물이 많이 올라있을 때라 대접의 극을 이뤘다.

PD가 찾아와 자신과 프로그램을 같이하자고 애걸하기도 했다. 물론 나도 안절부절못했으나 이미 대접받기에 익숙해져 있던 나는 그저 그러려니 "난, 맘이 약해서 거절을 못해요"라며 못 이기는 척하면서 응했다. 이렇게 해야 더욱 대접받게 되어있다는 것에도 은근히 익숙해져 가고 있었기 때문이다.

하루는 개그우먼 이경실이 물었다.

"오빠, 어젯밤 늦게 포장마차에서 웬 여자가 오빠 앞에서 눈물을 흘렸다며?"

"뭐… 어?"

"우리 동네 아주머니가 신랑하고 포장마차에서 술을 마시다가 본 모양이야. 오빠가 밤 12시 넘어서 웬 아가씨하고 술을 마시는데 그 아가씨가 오빠 앞에서 막 울더래. 그러면서 그렇게 안 봤는데 오빠 아주 못됐다고 그러던데?"

맞다. 그랬다. 그 아가씨는 나와 우리 아이들이 함께 출연하는 광고를 주선했다. 상사에게 무조건 성사시키라는 지시를 받고 간절하게 부탁했지만, 나는 아이들의 의견이 중요하다며 반승낙도 안 하고 있던 상태였다. 그때 그 아가씨는 꼭 부탁한다며 눈물을 보인 것이다. 일본에서 공부하고 귀국한 지 얼마 안 되었을 때였다.

아침에 출근하려고 밖으로 나오는데 깜짝 놀랐다. 전날 만났던 광고 에이전시 관계자가 불쑥 튀어나왔다.

"아니, 뭐예요. 이른 아침부터 왜 또 왔어요."

"집에 안 들어가고 차 안에서 잤어요…."

그 광고는 나하고 맞지 않아 안 한다고 했는데도 본인은 나하고의 일을 성사시켜야 하니 집에 안 들어가고 밤을 새운 것이다. 그것도 우리 집 앞에서. 이러니 나는 입으로는 겸손해야 한다고 이야기하면서도 알게 모르게 대접받기에 초절정을 이뤘다.

〈이홍렬쇼〉에 출연한 배우 故 최진실과 함께.

〈이홍렬쇼〉에 출연한 배우 이병헌과 함께.

우리도 가고, PD도 가고, 결국에는 다 지나간다. 빨리 깨우치고, 빨리 준비할수록 행복하다. 그걸 알면서도 하루하루 바빴기에 생각할 겨를이 없었다. 나의 일이지만, 결국은 남의 일이었다. 그때는 일단 젊었고, 다른 어떤 날들보다도 좋은 날의 연속이었기에 그런 건 나중에 생각하고 싶었기 때문이다.

마치 상갓집에 가서는 함께 울면서 "다 소용없다, 인생 뭐 있는가? 허무하다. 욕심 버리고, 베풀면서 좋은 일 많이 하면서 살자"라고 다짐하다가도, 그 이튿날에는 다 잊어버리고 바로 현실로 돌아와 큰소리치고 아등바등 살아가는 것처럼.

2014년 봄, 아내와 함께 한 리조트를 찾았다.

"회원이세요?"

"아닌데요. 그냥 투숙객이에요."

쳐다보는 둥 마는 둥 앞에 놓인 컴퓨터를 응시하며 다시 묻는다.

"할인권 있어요?"

"할인권 있는데요."

"할인권 없으면, 10퍼센트밖에 할인이 안 돼요."

"아, 있다고 했잖아요. 있어요!"

난 친절하지 못한 직원에게 힘 있게 이야기했다. 아니 어쩌면 나를 못 알아봤다는 것에 대한 서운함 때문에 더 큰소리로 이야기했는지도 모른다.

　아내에게 돌아서서 한마디 했다.

　"너무너무 불친절하지 않아? 그지, 응?"

　"원래 다들 그래요. 이런 것들이 보통이에요. 당신이 연예인이다
보니 그 이상의 것을 바라서 그러는 거예요. 우리 같은 사람들은 이
게 평범한 일상이에요."

　"아무래도 나는 시간이 좀 걸릴 듯싶다.
　대접받지 않으려는 마음은 아주 소소한 것에서부터
　시작해야 하거늘⋯."

배은망덕한 놈

"돈은 갚는 데 기한이 있지만, 은혜는 갚는 데 기한이 없다. 평생 죽을 때까지 갚아야 하는 것이다."

한 프로그램에서 내가 한 이야기지만, 거참 아무리 생각해도 말 한번 잘했다. 내 자신부터 마음에 다지고 살아야 할 말이니까.

사람은 누구나 살아가면서 주변의 도움을 받는다. 누군가의 도움 없이 홀로서기에 성공했다고 하는 사람도 알고 보면 분명히 도움을 받았다. 태어나면서는 부모로부터 도움을 받고, 학교에서는 좋은 스승을 만나서 배움의 도움을 받고, 다 커서 사회생활을 해나가면서는 누군가의 자그마한 도움이라도 반드시 받으면서 성장한다. 그래서 좋은 멘토와 좋은 선배를 만나는 것은 스스로에게 커다란 행운이다. 그런 면에 있어서라면 나는 좋은 멘토였던 작사가 지명길 선생님도 만났고, 허참 형님도 만났으니 행운 중의 행운이라 하겠다.

어느 분야이건 마찬가지겠지만, 특히 연예계에서는 좋은 스승, 선배를 만나 도움을 받고 성장할 대로 성장한 다음 변하기 시작하는 경우가 종종 있다. 어찌어찌하다가 자기가 바빠지게 되면서 서서히 그 도움을 조금씩, 또는 깡그리 잊어버리는 단계가 있는 것이 문제다.

"사실은 그 양반이 특별히 나를 도와주지 않았어도, 결국에 가서는 내가 인정받았을 거라 생각해요."

"나는 누구를 만나더라도 내가 원래 가진 끼가 있었기 때문에 이 자리에 올 수 있었습니다. 그 재능이 어디 가나요?"

"생각해보자고요. 내가 이런 타고난 재능 없이 어떻게 이런 무대를 보여줄 수 있으며, 어떻게 이렇게 수준 높은 사람들이 나를 보고 열광할 수 있겠느냐고요. 아니, 팬들이 바본가? 아무나 좋아하게요? 내 자랑 같지만…."

그다음 단계로 이어지면 한술 더 뜬다.

"그래요, 도움을 주었다 쳐요. 알았어, 알았어. 그런데 말이야 바른 말이지 사실 나를 인정받게 해주면서 반대로 나를 이용한 것 아니었나요? 다시 말해서 나를 이용해서 돈도 벌게 되셨으니까 서로 상부상조하게 된 거지요, 네? 아니, 어쩌면 기분 나쁘게 들리실지 모르겠지만, 사실은 내가 도움을 드린 게 되네요. 속 좁게 기분 상하지 않으셨으면 좋겠네요."

그러고는 그야말로 나 홀로 이 터에서 우뚝 섰다는 것을 합리화시키면서, 스스로가 만든 시나리오를 완전히 믿기 시작하는 것이다. 설혹 도움이 있었더라도 그것은 아주 극히 미미한 것이라고 생각한다. 이것이 배은망덕의 길로 접어드는 것이리라.

우리가 살아가면서 초심을 잃지 말라고 하는 것이, 그런 것이 아니던가. 마치 어렸을 때는 나의 아버지가 세상에서 제일 강하고 큰 사람이라고 생각했는데, 커 보니 아버지가 어떻게 보면 결점투성이면서 나약해 보이기까지 할 때가 있는 것과 같다. 이때를 가장 조심해야 한다. 초심을 알면 그 어느 때가 와도 효자요, 초심을 잃으면 당연히 불효가 생겨날 것이다.

개그맨도 처음 시작할 때는 누구든 선배들이 하늘같이 커 보인다. 선배들의 행동 하나하나가 멋있게 보이고, 코미디 연기, 애드리브 하나하나가 놀랍고 재미있고 대단해 보인다. 그러나 그 선배들 틈에서 알게 모르게 코미디와 방송을 배우기 시작하고 모든 것에 익숙해지면서 나중에는 선배들의 연기나 애드리브도 뭐, 그렇게까지 대단한 것은 아니라는 생각이 든다. 그러면서 자기에게 도움을 준 선배들을 하나둘씩 잊어버리게 되는 것이다.

2014년 3월, 나의 사부 허참 형님과 아침 프로그램 촬영을 하러 일본에 다녀온 일이 있다. 며칠 동안의 짧은 일본 여행에서 허참 형님은 통역 가이드가 있는데도 무언가 막히기만 하면 나를 불러 세웠다. 내가 과거 일본 유학을 다녀온 일이 있었기 때문에 웬만한 통역은 될 거라고 생각하신 모양이었다.

"홍렬아, 이것 좀 가져다 달라고 해라."

"홍렬아, 이 미역국, 된장국으로 바꾸어 달라고 해라."

"홍렬아, 땅콩이 떨어졌잖니? 땅콩 좀 달라고 해라."

그건 나를 기쁘게 했다. 모르는 사람이 옆에 있으면 잘하는 것처럼 보이고, 잘하는 사람이 볼 때는 답답한 것이 나의 일본어 실력이다. 일본어로 이야기를 이어 나가는 건 얼마든지 할 수 있다. 모르면 쉽게 설명해달라고 하는 것도 일본어로 이야기하면 되니까.

허참 형님은 그 장면을 귀엽게 보셨을까? 아니면 설마 일본어로 잘 헤쳐 나가는 것에 살짝 질투하셨을까?

하루는 묵고 있던 호텔 로비에서 촬영 스태프들을 기다리고 있는데 뜬금없이 허참 형님이 한마디 하셨다.

"홍렬아. 너, 일본어 공부를 더 해서 본격적으로 일본어 번역을 해라."

'설마 그 늦게까지 하게 된 공부를 다시 시작하게 하려는 것은 아니시겠지요?'

"에이, 아니에요. 안 해요, 형! 번역을 왜 해요, 제가. 개그맨인데…."

"야, 인마. 너 그만큼 공부한 게 아깝지도 않니? 번역을 해라, 번역을. 야, 늦게까지 공부하는 사람들이 얼마나 많니? 너, 지금부터 열심히 해도 전혀 안 늦고 잘할 수 있어. 번역을 해라, 번역을."

'단 한 번도 생각해본 일이 없는, 그것도 일본에서 공부한 지 26년이나 지났는데 나를 번역가를 시키실 생각이신가.'

하기 싫은 것은 평생을 해도 안 된다. 될 것이 있고 안 될 것이 있다. 일단은 말이 안 되었다. 평생 소설가로 살아온 사람이 사석에서 몇 명을 웃겼다고 해서 "코미디언을 해라, 공부해서 안 되는 게 어딨니?" 하는 것과 같다. 나의 평생 꿈이 코미디언이었는데, 내가 왜 번역을 해야 하겠는가?

순간적으로 나는 화가 났다. 물론 일본에 어학연수를 다녀온 것은 사실이지만 번역가가 되려던 것은 아니었다. 늦게까지 공부한 것도 힘들었는데 갑자기 날 보고 번역을 하라고 하시는 것은 어쩐 일이신고. 처음에는 농담인 줄 알았는데 정색을 하시며 자꾸 채근하시니 화가 나 반감을 표했다. 아니, 대들었다고 표현을 해야 옳다.

"아니, 왜 나보고 번역을 하라고 하세요. 나 안 해요. 저 하기 싫어요. 아니, 제가 번역을 왜 하나요. 싫다니까요."

"야, 너 왜 안 된다고 생각하니. 나이 들었다고 생각하는 것, 그게 잘못된 생각이야. 너처럼 일본어 잘하면서 번역을 하면 좋잖니? 공부 더 열심히 해서 번역을 하라니까. 번역을 해라, 번역을."

허참 형님은 집요하게 번역을 하라고 하셨다. 갑자기 공부를 안 하면 안 되는 것처럼 몰아가시자, 나도 모르게 말도 안 되는 말이라

는 생각에 화가 났다. 그래서 대들었다. 틀림없이 대들었다. 이 '대
듦'이 배은망덕의 첫 단추다. 배은망덕이라는 말은 남에게 입은 은
덕을 잊고 배반한다는 뜻이다. 베풀어준 은혜에 보답은커녕 은혜를
원수로 갚는 것을 말한다.

허참 형님에게 대들다가 나는 순간적으로 깨달았다.

'아, 아니다. 지금 형님한테 화내면 안 된다. 내가 지금 뭐 하는 것
인가. 이 형한테 대들다니…. 내가 지금 무슨 짓을 하고 있는 걸까?
그 긴 시간 잘해왔는데, 공든 탑을 하루아침에 무너뜨리려고 하는
것인가?'

허참 형님도 말씀은 안 하고 계셨지만 조금 무안하고 화가 나신 듯
싶었다. 그날 저녁 식사 때 술 한잔을 하며 분위기가 서서히 풀렸다.

큰일 날 뻔했다. 사실 그렇게 화낼 일도 아니었다. 그냥 가만있거
나 웃어드리면 될 일이었다. 그런데 결국은 대든 것밖에는 남은 것
이 없었다. 은인에게 대든다는 것은 무서운 일이다. 후배가 자랐다고
선배가 될 수는 없는 법이다. 그냥 영원한 후배인 것이다.

나도 30년 넘게 이 터에서 일하다 보니 허참 형님께서 하시는 활
동에 틈이 보이기 시작한 적도 있다. 속으로 '어? 저렇게 스피드가 없
으셨나? 말이 느리시네. 저렇게 처지면 안 되는데.' 혹은 나에게 이
런저런 한마디를 하실 때 '잉? 그건 내가 아는 너무 당연한 것 같은
데. 아직도 나에게 이런 잔소리를 하신단 말이야? 이거 나를 너무 애

로 보는 거 아니야?'라는 생각이 들곤 했다. 나를 키워준 사람이 아주 작아 보일 때, 그때를 우리는 조심해야 한다. 은혜를 모르는 배은망덕의 전초전이 되기 때문이다. 급하게 깨닫고 나는 더욱 고개를 숙였다. 그저 입을 다물고 "네, 네" 하는 대답이 최선이라고 생각했다.

사람들은 변한다. 변하지 않는다고 하면서 변한다. 그중에서도 유난히 배반이 많이 일어나는 곳이 연예계다. 그럴 수밖에 없는 것이 단계적으로 진급하는 것이 아니라, 어느 날 갑자기 스타가 탄생하고 신분 상승이 엄청나게 일어나는 곳이기 때문이다. 그러한 환경 안에서 근본이 다져져 있지 않으면 변하게 되는 것이고, 근본이 다져져 있더라도 자칫하면 자기 자신을 돌아보기 힘든 곳이 바로 이곳이기도 하다.

지명길 선생님도 제자와 후배들을 키우면서 많은 배반과 실망을 겪었고, 허참 형님 역시 술자리에서 그런 예를 참 많이도 이야기하셨다.

지명길, 허참, 이 두 분에겐 공통점이 있다. 다, 누구한테 한 번씩 당하고 실망한 경험이 있으면서 나를 도와주셨다는 것이다.

'나는 절대 안 그리리라. 나를 꼭 한번 지켜봐주세요. 나를 도와주시면 나는 절대 안 그럴 거예요.'

수도 없이 마음을 다잡았다. 그때 결심했다. 죽어도 나는 다른 모습 안 보여드릴 거라고. 죽을 때까지 변치 않을 것이라고. 그래서 두 분께는 지금도 찾아뵙고 인사를 드린다. 사실 보답도 제대로 못하고 있지만 그러한 마음만 갖고 있는 자체로도 중요하다 싶고, 오히려 지금도 내가 어려울 때마다 의논을 드리고 도움을 받고 있다.

옛날에 허참 형님이 나를 데리고 다니실 때, 내가 정말 고마워하자 나에게 이렇게 말씀하셨다.

"홍렬아, 내가 너에게 잘하는 것을 나한테 잘하려 하지 말고 후배에게 잘해라. 나는 가수 박상규 형에게 그렇게 도움을 많이 받았단다."

허참 형님은 기억하실지 잘 모르겠다. 워낙 술자리에서 하신 이야기들이 많으니. 하지만 그 이야기는 일생 나의 발목을 잡았다. 그래, 그것이 허참 형님에게 보답하는 길이라고. 그러면서 어떤 후배가 나의 도움을 바라고 있을까 내다봤다. 기왕이면 나처럼 개그맨이 절실히 되고 싶고, 평생 개그를 하고 싶어 하는 후배여야 할 것이었다.

C라는 후배 개그맨이 있었다. 나보다 여섯 살 정도 어린 후배였는데 개그에 대한 열정이 엄청났다. 그래서 그 후배를 많이 도와주었다. 방송국에 들어올 수 없는 입장인데도 특별히 담당 PD에게 사정사정해서 들어오게 했고, 그는 내가 주는 사랑을 받아가며 방송과 밤무대에서 활약했다.

오죽하면 후배 개그맨 최병서가 "이홍렬 선배는 후배를 엄청 편애해"라는 이야기까지 했겠는가. 맞는 말이다. 그런 것들이 문제였다.

그러나 나에게는 허참 형님의 말씀이 있었으니 별 문제 되지 않았다. 눈총을 받아가면서도 C에게 많은 도움을 주었다.

그런데 어느 순간, 그 후배가 모든 것을 잊고 나에게 대들었다. 그때 어른인 나는 울었다. 내가 일본 유학을 떠난 뒤 그는 코미디언 실장이 되었고, 나를 MBC 코미디언 명단에서 제명시켜 버렸다. 상처는 컸고, 오래갔다. 그러나 이제는 절대 미워하지 않는다. C도 코미디언으로 활동하고 싶어도 할 수 없게 되었다.

J라는 후배 개그맨도 있었다. 일본에 있었을 때 편지를 보내주는 것이 기특하고 고마워서 귀국해서도 많은 사랑을 주었다. 게다가 나중에 알고 보니 효자인 듯 보였다. 거기서 모든 것을 주어버렸다. 나는 부모님이 일찍 돌아가셨기 때문에 효자라는 생각만 들면 눈물이 난다. 그래서 이유 없이 내리사랑을 주었다.

방송도 J라는 후배와 같이 출연하는 조건을 내걸었다. 아이디어 회의도 같이해주고, 걱정도 함께 나누었다. 〈이홍렬쇼〉가 잘돼 가던 때이니 CF도 좀 많았겠는가. 협찬품이 생기는 족족 나는 후배에게 챙겨주었다. 후배에게 잘했던 이야기는 이제 그만하자.

이후 그 후배는 나에게 감동적인 이야기를 해주었다.

"형님, 죽어서도 은혜를 갚겠습니다."

죽은 다음에는 은혜를 안 갚아도 된다. 살아있을 때도 은혜를 안 갚아도 된다. 허참 형님 말씀대로 다음 후배들에게 잘하면 되니까. 그

2016년 허참 선배님과 함께.

러나 은혜는 갚지 않을지언정 적어도 등을 돌리거나 대들지는 말았어야 하지 않겠는가. 아마 그 후배도 대놓고 나에게 대들고, 대놓고 절교를 할 정도면 나에게 서서히 마음에 안 드는 부분이 생기기 시작했을 것이다. 성격도 본인의 양에 차지 않았을 테고. 그리고 무엇보다 혼자서 방송해도 충분히 먹고살 수 있을 거라 여겼던 것 같다.

배은망덕이 주는 상처는 굉장히 크다. 아마 내가 허참 형님에게 대들거나 반항하여 상처를 주면 이런 기분일 것이라는 생각을 해봤다. 그래서 나는 죽어도 눈곱만치도 대들면 안 된다고 생각했다. 아주 자그마한 도움을 받더라도 도움은 도움이다.

사람은 누구나 살아가면서 배신을 당한다. 그래서 이런 단어가 생겨났다.

"배은망덕한 놈!"

내가 먼저 다짐할 일이다. 한순간에 모든 것이 날아갈 수 있다. 당시 내가 가슴 아파한다는 사실을 알고 후배 개그우먼 이경실이 위로하며 한마디 거들었다.

"오빠, 그러기에 머리 검은 것은 거두지 말라는 말이 있어."

연예계뿐만 아니라 그 어떤 분야에서도 우리는 살면서 배신, 배반 당하는 경험을 한다. 배은망덕은 어디에나 존재한다. 회사에서 사람을 열심히 키워놨더니 그동안 공들여 관리한 거래처들을 전부 데리고 다른 회사를 차려서 나갔다든가 하는 크나큰 배신도 주변에 있다.

마음의 상처는 본인에게 치명적이다. 나중에는 울화병으로 돌이킬 수 없는 지경까지 갈 수도 있다. 자기 손해다. 그저 여기까지다, 하고 돌아서는 것이 상책이다.

이러는 나도 사실 스스로 노력하며 치유하고 있는 단계다. 사람을 많이 가리다 보니 오히려 챙겨주어야 하는데도 챙기지 못한 후배가 너무 많다. 일생을 여기, 개그맨들의 터에 있으면서 후배들을 많이 돕지 못한다면 얼마나 부족한 선배인가.

"야, 홍렬아. 너 제수씨가 성게알 좋아한다고 해서 내가 보냈다. 나중에 또 보내줄게. 야, 그거 진짜야 인마!"

바로 얼마 전에 허참 형님이 직접 전화해서 한 이야기다.

"혀~엉. 이거 미안해서 어떡하나…. 고마워, 형. 집사람이 너무너무 좋아하다 보니까 그냥 이렇게 막 받네요. 충성!"

선배가 조금 마음에 안 들어도 끊임없이 애교 떨기를 정말 잘했다. 그 비싼 성게알을, 그것도 두 번이나 챙겨주셨다. 후배 C와 J도 내가 조금 마음에 안 들어도, 처음을 생각하며 배은망덕만 안 했더라면. 아, 정말 아쉽다. 내가 성게알이 아니라 상어알이라도 챙겨주었을 텐데….

아무튼 다시 생각해 봐도 정말 잘한 일이다. 자칫하면 나이 들면서 대접받고 있는 나도 허참 형님에게 대들지 모를 일이기 때문이다.

"허참 형. 평생 잘할게요."

나는 틈만 나면 되뇔 것이다.

"돈은 갚는 데 기한이 있지만,

은혜는 갚는 데 기한이 없다.

평생 죽을 때까지 갚아야 하는 것이다."

뼛속부터 개그맨

참, 신기했다. 주로 나이가 있는 분들이긴 하나, 많은 사람들 앞에서 딱 네 글자만 이야기하면 웃음이 빵 터진다.

"귀, 곡, 산, 장."

그 콩트를 했던 것이 1993년도니까, 벌써 24년 전의 일이다. 수없이 많은 개그맨들이 생존 경쟁을 하고 있는 험난한 곳, 각 방송국과 종합편성채널에서는 매년 수많은 콩트 코너가 생겨나고 없어진다. 그런데 그 많은 콩트 코너 중에 그것도 수십 년 전에 했던 한 콩트 코너를 아직도 많은 분들이 기억하고 있다는 것은 개그맨으로서는 행운이고 보람이며, 기적이다.

일본에 있을 당시, 지금도 MBC 방송국에 몸담고 있는 이응주 PD가 직접 일본까지 와서 귀국하면 바로 같이하자고 했던 콩트 프로그램이 〈오늘은 좋은 날〉이었으며, 그 가운데 한 코너가 '귀곡산장'이었다.

"망태 망태 망망태. 망구망구 망망구. 우리는 산장지기. 괴상한 노인

망태, 꺼지지 않는 불꽃. 망구, 밤에 피는 장미. 누구든지 환영해요. 귀곡산장. 간이 커도 와우. 겁 많아도 와우. 기절 안 하고 못 배기는 귀곡산장. 뭐 필요한 거 없수? 없음 말고…. 뭐 필요한 거 없냐니까. 없음 말랑 께롱께롱께롱!"

이응주 PD가 '작은 별 가족(9인조 가수)'의 강인구 씨에게 부탁하여 만든 〈귀곡산장〉 주제가였다. 이 노래를 부르면서 극 중 망태 할아버지로 나오는 임하룡 씨와 서로 박자가 틀렸다며 많이도 싸웠다. 나중에, 아주 나중에 임하룡 씨는 한마디 더했다.

"사실, 그 할머니 내가 하고 싶었어."

프로그램을 시작할 때 그 양반이 자기가 할머니를 하겠다고 우기셨더라면 정말 큰일 날 뻔했다.

기분 좋은 소리를 듣고 싶어 최근에 이응주 PD에게 카톡으로 물었다.

"예전에 귀곡산장에서 임하룡 씨를 할머니 역으로 쓸 생각은 안 해보셨어요?"

역시 기분 좋은 답 문자가 바로 왔다.

"할머니로 봐줄 수 없는 얼굴이잖아요?"

그렇다. 사실은 임하룡 씨가 능청스러운 할아버지 역을 잘해주었기에 사랑받을 수 있는 귀곡산장 할머니가 탄생한 것이다.

수많은 인터뷰에서 밝혔듯이 처음 코미디언의 꿈을 품은 건 중학교 2학년 때이다. 정확하게 이야기하면 그 당시에는 개그맨이라는 직업이 없었으므로, 코미디언이나 희극배우가 꿈이었던 게 맞다. 아마 중학교 때 분단 이동 사건 때였던 것 같다. 아직도 그 사건은 내 머릿속에 남아있다.

왜 그런 말을 했을까? 나는 남 앞에 서는 것을 무척 두려워하는 숫기 없는 아이였고, 학교 다닐 때 선생님 앞에서 질문 한번 제대로 못했던 아이였는데…. 그래도 머리는 돌아갔나 보다. 아니 그보다 그저 어른들 하는 이야기에 말대꾸를 유난히 잘했다고 표현하는 게 맞겠다.

중학교 2학년 학기 초였다. 반 편성을 한 후, 새로 온 담임선생님은 앞으로 매주 있을 분단 이동에 대해서 설명하고 계셨다. 학생들의 공평한 자리배치를 위한 지시였다.

한 학생이 손을 들었다.

"선생님, 저희들 왼쪽으로 이동해요, 오른쪽으로 이동해요?"

그때 나는 순간적으로 나도 모르게 큰 소리로 "너만 이쪽으로 가. 우리는 다 저쪽으로 갈 테니까"라고 말했다. 아이들은 폭소를 터뜨리며 뒤집어졌다. 좀 잘 웃는 중학생들 아니던가. 그러나 새 학기에는 시범 케이스라는 게 있었다. 나는 선생님께 불려 나가 흠씬 두들겨 맞았는데, 문제는 폭소하던 반 아이들을 생각하니 맞아도 기분이 나쁘지 않다는 것이었다.

'이거 뭘까?'

그때부터 나는 선생님의 이야기를 맞받아치는 아이가 되었다. 운이 좋은 날이면 선생님도 같이 웃어주고, 운이 아주 없는 날에는 심하게 맞았다. 벌을 받건 안 받건, 아이들의 웃음이 나에게 더 큰 문제로 다가왔다. 이건 틀림없이 뭐가 있는 것이었다.

국민학교에 다닐 때는 애들을 웃기는 까불이가 나였다. 그때야 뭘 알겠는가. 그런데 중학교에 들어와서는 달랐다. 분명하게 코미디가 좋았다. 남영동에 자리한 성남극장, 금성극장에 극단 쇼라도 들어오는 날이면 어떻게든 그 쇼를 보았고, 보는 내내 나는 구봉서, 서영춘, 김희갑, 남철, 남성남, 송해, 박시명, 백남봉, 남보원 등의 코미디언들만 보면 그냥 좋은 정도를 넘어서 가슴이 떨렸다. 아직도 간직하고 있는 중고등학교 시절의 일기장을 보면 사흘 건너 한 번은 코미디언을 꿈꾼다는 이야기를 써놨으니, 얼마나 그 직업을 몸서리치게 하고 싶었던 것인가. 지금 생각하면 어릴 적에 일찍 가슴 떨리는 일이 무엇인지 알게 되어 너무너무 감사하다.

"코미디언!"

사실 앞이 보이지 않는 길이었다. 그런데 이루었다. 꿈을 포기하지 않으면 길이 열린다는 그런 흔한 이야기보다, 난 그저 그거 안 하면 사는 의미가 없다고 생각했던 것 같다. 절실하게 그거 하나밖에 생각할 줄 몰랐다. 그런데 그렇게 마음먹은 것이 변함없다 보니, 한 줄기 햇살도 비추지 않았던 깜깜했던 길을 그저 실눈 뜨고 묵묵히 가다 보니 길이 조금씩 보이기 시작했다.

코미디언 등용문이 없던 시절. 신문 기사에 실린 극단 단원 모집마다 응시했다. 그러다 보니 이 사람 저 사람 알게 되었고, 음악에 대한 감도 없으면서 다방 DJ가 연예계와 제일 가까워 보여 DJ 보조로 일을 하게 되었다. 실제로 다방에 와서 1시간씩 일하는 방송 인기 DJ들이 많았던 시절이다. 이후 나는 우여곡절 끝에 방송 데뷔를 하게 되며 꿈을 이루었다.

주변에 보면 꿈을 이루고도 제대로 날개를 펴지 못하거나 잘 날던 날개가 갑자기 꺾이는 경우도 엄청 많은데, 나는 코미디언의 꿈을 이루고도 지금까지 잘할 수 있었다니 그저 감사할 수밖에. 더군다나 내가 말을 잘하는 것도 아니었다. 청산유수처럼 정말 말을 잘하고 박학다식해 환상적으로 말하는 사람들을 보면 지금도 정말 부럽기 이를 데 없다. 그저 어쭙잖게 말 받아치는 정도의 순발력으로 이렇게 오랜 세월을 해나가고 있다.

내 이름을 딴 토크쇼도 진행해보고 상도 엄청 많이 받았다. 대한민국 국민의 사랑을 받아도 이보다 더한 사랑을 받은 사람이 얼마나 될까? 나이가 듦에 따라 우리들의 터는 달라질지언정 수많은 분들에게 받은 과분한 사랑을 감사한 마음과 더불어 나눔과 웃음으로 돌려드리는 일을 게을리하지 말아야겠다.

나는 나이가 들어갈수록 코미디가 더 좋다. 사실 이제 〈귀곡산장〉 할머니 역할을 하라고 하면, 흰 칠을 안 해도 될 나이다. 잠시 염색만 멈추면 자연스럽게 흰머리가 연출된다. 연극 무대에도 세웠던 〈귀곡산장〉. 이제는 나이 든 연기를 일부러 연출하지 않아도 무대 한편에서 똑같은 동작으로 오래 앉았다가 일어나면 자연스럽게 힘들어하는 할머니 연기가 된다. 그리고 독백으로 이어진다. 그렇게 해 먹여도 기운 못 쓰는 할아버지에게 할머니의 핀잔은 계속 이어진다.

"영감! 내가 영감 위해서, 몸에 좋은 거라고는 다 걷어 먹인 거 기억나우? 안 나우? 깽깽이풀, 삼지 구엽초, 두릅나무, 정력에 좋다고 하기에 온 산 천지를 내 누비고 다녔수. 내가 산적이냐? 기억나우? 안 나우? 《동의보감》에 굴이 정력에도 좋지만, 조루 흠, 조루를 다스린다고 해서 바다까지 가서 굴을 따다가, 독에다 쓸어 담고 내가 맬맬 걷어 맥였수…. 내가 해녀냐? 기억나? 안 나? 고맙구려, 기억나서.
불개미 먹으면 불같이 살아난다고 해서 내, 온 산 천지 개미굴이란 개미굴은 다들 쑤시고 돌아다녔다. 내가 개미핥기냐? 기억나? 안 나? 뱀은 기본이유. 곰쓸개 먹으면 힘 좋아진다고 해서 그거 먹이려고 러시아까지 갔다가 왔다. 내가 미련 곰탱이냐? 아니면 쓸개 빠진 년이냐? 기억나? 안 나?
내 이 얘기는 안 하려고 했는데 당신 숫사슴의 음경을 말린 거, 뭐

드라… 오라, 녹편! 그거 맥였수, 안 맥였수? 엇~쩌면 세상에. 그게 다아~ 고대루 똥으로 나오니? 응! 똥두 한 3일 동안 서 있더라. 난 마당에 웬 똥이 서 있나 했어요. 거기다가 생명력을 불어넣니? 나가 봐. 요새 슬슬 걸어 다닐 거야. 낼쯤 날아다닐지도 몰라."

"정말 코미디를 할 때가
제일 행복하다."

나는 개그맨이다

개그맨과 가난한 환경은 어떤 함수관계가 있을까? 선배님들이야 대부분 정말 어려웠던 시절을 살아온 분들이니 그렇다 치더라도, 많은 동료나 후배 개그맨들도 대부분 가난하게 자라왔다. 웃을 일이 없었던 어려운 주위 환경에서 웃음이 가장 목말라서였을까?

무대에서 남들이 웃어주었을 때의 그 희열은 무엇과도 바꿀 수 없을 정도로 대단하다는 것을 개그맨들은 안다. 그래서 그들은 개그 이외에는 그 어느 것도 바라보지 않고 개그에 모든 걸 바친다.

그러나 젊은 시절을 개그맨 생활에 다 바친다 해도 개그맨 본인의 호봉이 높아지면서 비극이 찾아온다. 일거리가 많이 없고, 단역도 호봉이 낮은 개그맨을 쓰기 때문이다. 일하기 쉽고, 출연료가 적게 들고, 더 리얼하기 때문이라고 한다.

방송국에서는 개그맨 시험 때 그저 '어서 뽑아서 써먹자' 하는 생각에 제법 코믹한 연기를 하면 다 뽑아서 10명 중 하나둘만 건지려고 한다. 이후 나머지 8명은 자기 의도와 다르게 살아가게 될지도 모른다. 개그맨 1,000명 시대다.

후배들을 보면 마음 아플 때가 많다. 오래도록 노력해 꿈을 이루었지만 결국 수많은 개그맨 중 한 명이 되는 경우가 많기 때문이다. 내가 긴 세월 개그맨을 해오면서 느꼈던 것들, 그리고 후배들과 지망생들에게 꼭 해주고 싶은 이야기가 있다. 이것은 개그맨이 꼭 갖추어야 할 조건일 수도 있고, 참고할 만한 조언일 수도 있다. 그저 더 좋은 방향으로 나아가는 데 조금이나마 보탬이 되었으면 하는 것들이다.

첫째로, 개그맨들은 PD와의 호흡이 잘 맞아야 한다. 궁합이 맞으면 같이 식사만 해도 프로그램 반이 완성된다. 진행자가 PD의 10분의 1만 의욕을 가져도 그 프로그램은 성공한다. PD는 일주일 내내 프로그램만 생각하지만, 연기자는 여기저기 출연해야 하는 경우가 많기 때문에 PD와 프로그램에 대한 애정은 비교도 안 된다.

둘째로, 방청객을 잘 받들어야 한다. 1980년 중반에 이르러 동원 방청객이 자리를 잡기 시작했다. 요즘은 길들여져 있는 방청객들이 많기 때문에 어색하긴 하지만 그런 방청객과의 호흡 속에서 가장 자연스러운 웃음을 뽑아낼 수 있다. 방청객들의 참여를 유도할 수 있는 능력을 갖추고 있으면 좋다. 참여하는 동안에 그들은 자신이 방청객이라는 사실을 잠시 잊어버리고 동조하기 때문이다.

셋째로, 개그맨들은 내가 한 말이 지금 상황에 맞는지 아닌지를 알 수 있는 힘과 경험이 있어야 한다. 박학다식해야 함은 물론이다.

무대에 올라갈 때 자신만의 칼을 들고 올라가야 한다. 자기 말에 대한 절제다. 스스로 너무 일찍 잘라도 재미없고 너무 늦게 잘라도 진부하다. 적당한 선에서 물러설 줄도 알아야 하고, 적당한 시점에서 정확하게 파고들 줄도 알아야 한다.

마지막으로 모든 개그맨들은 기본적으로 뛰어난 순발력이 필요하다. 정말 짧은 시간에 되받아칠 수 있는 힘, 타이밍이 0.5초만 늦어도 놓쳐버린다. '어? 신기하다. 그 생각이 내 입에서 어떻게 나왔지?'라는 생각이 들 정도의 순발력이 필요한데 자기 순발력에 자기가 놀라야 한다.

개그맨도 아니면서 개그맨의 조건 중의 상당수를 갖추고, 가장 중요한 절제할 수 있는 능력까지 갖춘 연예인을 보면 나 자신에 대한 회의감마저 느껴진다. 분개할 줄 알고 분발할 줄 알아야 한다.

이것은 조금 다른 이야기지만, 개그맨들의 마지막 꿈인 자기 이름을 건 토크쇼를 할 때 해주고 싶은 조언들도 있다.

토크쇼는 '자연스럽게, 편안하게, 솔직하게'가 최고다. 내가 자연스럽고 편안하고 솔직하면 보는 시청자들도 즐겁다. 또한 토크쇼를 할 때 게스트의 기를 살려주는 것은 정말 중요하다. 기만 제대로 잘 살려주면 사전에 불편한 질문은 하지 말아 달라고 요구했던 것은 다 잊어버리고 묻기도 전에 스스로 다 이야기한다. 연예인은 칭찬을 먹고 산다고 해도 과언이 아니다. 조금만 칭찬해주면 금세 취해버리는

TBS-FM 〈이홍렬의 라디오쇼〉 공개방송 중.

것이 연예인이다. 최고의 토크는 칭찬으로부터 이루어지되 칭찬이 너무 티가 나도 안 된다.

특히 게스트의 부류를 정확하게 파악해야 한다. 말도 많고 재미도 있는 사람, 말은 많으나 재미가 없는 사람, 말은 적으나 재미가 있는 사람, 말도 적고 재미도 없는 사람…. 토크쇼는 대본만 중요하다고 생각할 수 있지만, 그 쇼를 완성하는 것은 50퍼센트의 대본과 50퍼센트의 순발력이다.

그리고 토크쇼는 끝난 후가 더욱 중요하다. '아까 그 말을 했더라면' 하는 것들을 정확하게 되짚어 놓고 기다리다 보면 언젠가는 반드시 다시 한 번 그 상황이 온다. 빠르게는 내일, 길게는 10년 안에. 그 순간 준비했던 말을 터트리면 백발백중이다.

가끔은 생각한다. 나는 이 많은 것들 중에서 몇 가지나 갖추고 있는가. 무대 밑으로 내려올 때 큰 희열, 큰 만족감을 느껴본 적은 몇 번이었을까? 몇 가지 갖추고 있지 못해서 미안하다.

"그런 가운데

개그맨이 되어 있어서

행복하다."

유쾌한 나의 임종 이야기

"나한테 잘해."

뭔가 조금만 잘해 준 것이 있으면 있는 생색을 다 내며 입버릇처럼 아내에게 하는 얘기다. 아마 결혼 생활 내내 해왔던 이야기가 아닐까 싶다.

"알았어요, 잘하고 있잖아요."

그런데 이게 안 먹힐 때가 있다. 한번은 아내가 정색을 하면서 내 이야기를 받아친 적이 있다.

"내가 아는 사람 남편 중에 당신처럼 일생을 두고 '나한테 잘해'라고 하는 사람이 있었어요."

"그런데?"

"결국 이혼당했잖아요."

'어? 얘기가 거기까지 가자고 한 건 아닌데….'

"실제로 있는 일이라서 하는 이야기예요. 결국 남편은 이혼하면서까지 잘하라고 해서 여자가 달라는 것 다 주고 헤어졌대요. 여자가 돈이 좀 있으니까요. 그 남자 나이나 젊어요? 나이 들어서 갈라섰는데 남편은 지금 혼자 어떻게 살아가고 있다고 생각해요? 네, 그럼요. 엄청 많은 고생을 하고 있지요."

"…."

변함없이 농담 삼아 이야기를 꺼낸 나는 별로 할 말이 없어졌다. 그리고 아내의 공격은 다시 이어졌다.

"나한테 잘해, 나한테 잘해, 그 이야기만 하다가 그렇게 된 거예요. 아마 당신은 죽어가면서도 그 이야기할 거예요."

근데 아니었다. 정말 아니었다. 나는 정해놓은 말이 있었다. 이번에는 나의 공격이었다.

"아니야. 난 죽을 때 당신에게 할 말을 이미 정해놨어."

"뭔데요?"

"나하고 같이 살아줘서 고마워…."

정말 나는 그 말이 아내에게 마지막으로 하고 싶은 말이었다. 사실 누가 나처럼 버럭 소리 지르고, 다혈질인 남자와 일생을 같이 살아주겠는가. 나는 당연히 아내가 감동하며 이렇게 말할 거라 예상했다.

'어머, 흑, 여보 그랬어요? 난 웃자고 한 이야기였는데. 자기야, 내가 고맙지. 일생을 먹여주고 재워주고 그랬는데….'

그런데 바로 아내의 답이 날아왔다.

"그런 건 살아있을 때 자주 하란 말이에요!"

맞다. 우리는 어쩌면 그런 이야기도 제대로 못하고 죽을지도 모른다. 천수를 다해 임종을 맞으며, 깨끗하고 하얀 시트가 깔린 침대에 반듯하게 누워 "자, 지금부터 32분 남았으니 할 이야기 있음 다 하시오"라는 큐 사인을 받게 될 사람은 없지 않은가.

세월은 가고 누구에게나 임종의 그날은 온다.

말씀을 잘하시는 김동길 선생님이 TV에 나와 '나이'에 대한 이야기를 이렇게 표현하셨다. 나이 드는 속도를 얼마나 재밌게도 표현하시던지. 김동길 선생님 톤을 생각하면 더 재미있다.

"40대부터는 나이 드는 게 얼마나 빠른지! 마흔하나, 마흔둘, 마흔셋, 마흔넷, 마흔다섯, 마흔여섯, 마흔여덟, 마-나-오-쉰! 그러고는 그다음 50대부터는 점프하며 건너뜁니다! 쉰, 쉰다섯, 예순. 그런데 60대부터는 어떠한가 하니 점프 없이 건너뜁니다. 육십, 칠십. 내가 지나와 보니 그래요."

얼마나 유쾌하게 웃었던지. 89세 되신 분이니 세월에 대해 얼마나 실감나게 이야기하시겠는가.

2009년도 라디오 방송에서 나는 나이 듦에 대한 이야기를, 세월의 빠름에 대한 표현을 이렇게 이야기하며 잘난 척했다.

"중국 고전에 이런 말이 있다고 하네요. '인생이란 백마가 달리는 것을 문틈으로 내다보는 것처럼 지나간다.' 아마 그 시대에 제일 빠른 것이 말이었던 모양이지요? 세월을 '화살같이 빠르다'라고 표현한 것도 마찬가지겠습니다만, 요즘 보면 어느 틈에 내가 이 나이까지 와있나, 하는 생각이 들 정도로 정말 세월이 빨라요. 그죠?"

그때 문자가 하나 올라왔다. 그 문자에 나의 세월에 대한 멘트는 한방에 훅 하고 날아가버렸다.

"내 나이 80인데, 80년이 하루 같구려."

실제로 80세인 어르신이 보낸 문자였다.

달라이 라마는 "세월이 어찌나 빠른지 물 위에 글씨를 쓰는 것 같다"라고 말했다. 돌이켜 생각해보면 한여름 밤의 꿈처럼 모든 것이 지나갔다. 방송을 처음 시작했던 TBC 라디오 신인 시절, 정동 MBC 시절, 그리고 여의도로 접어들면서 여의도 MBC 시절, SBS 시절, KBS 시절… 다 지나갔다.

그렇게 나이 들어 적어도 한 오백 년은 살았으면 좋으련만, 시간은 거꾸로 갈 리 없고, 백 년도 안 되어서 이제 서서히 누구나 가야 하는 그 길을 반드시 맞이하게 될 것이다. 홍수가 나서 급류에 휘말려 떠내려가다 천신만고 끝에 통나무 하나 의지하며 살아오셨던 외할머니도 또다시 금방 나이가 드셔서 가야 할 곳에 가셨고, 제아무리 천년만년 살 것 같이 장수한다 한들 결국에는 세월과 함께 다 가신다.

어느 나이 많은 DJ 선배가 라디오 방송에서 하는 이야기를 들었다.

"한번은 거리에 나서는데 나를 보고 '저 사람 아직도 살아있네'라고 합디다. 나보고 아직도 살아서 걸어 다닌다는 그 이야기지."

모두 박장대소했다. 그런데 그분도 얼마 전에 암으로 세상을 떠나셨다.

"너희가 있는 곳에 내가 있었고 내가 있는 곳에 너희가 있을 것이다."

어느 묘지에 쓰여있다고 하는 이 글처럼 너 나 할 것 없이 우리는 우리가 가야 할 곳에 반드시 갈 것이다.

세월의 빠름과 인생의 빠름을 실감 나게 이야기하는 시로는 하이쿠가 있다. 하이쿠는 일반적으로 5/7/5 형태의 17자로 이루어져 있는 일본 고유의 단시로써 세계에서 가장 짧은 정형시로 알려져 있다. 그중 마음에 와 닿는 한 줄로 인생을 이야기하는 시들이 있다.

"얼마나 놀라운 일인가? 번개를 보면서 삶이 한순간인 것을 모르다니."

"내 앞에 있는 사람들 저마다 저만 안 죽는다는 얼굴들일세."

"몸무게를 달아 보니 65킬로그램, 먼지의 무게가 이만큼이라니."

"밤은 길고 나는 누워서 천 년 후를 생각하네."

나이가 어느 정도 돼야 이런 글이 가슴 언저리로 슬며시 다가올까.

2000년, 미국 언어 연수를 다녀온 후《아버지되기는 쉬워도 아버지 노릇하기는 어렵다》라는 책을 출간했다. 그 책에 '임종연습'이라는 글을 썼는데, 그 글을 다시 읽어보니 지금 더욱 실감 난다. "모두들 나에게는 해당 사항이 없다고 느껴지는 것들이지만 분명한 것은 그날은 누구에게나 반드시 온다"는 글이었다.

"그날은 반드시 온다."

언제부터인가, 가슴속에 품었던 말이다. 힘들었던 군대 생활을 해나가면서도 잘 참고 견딜 수 있었던 것은 제대하는 그날, 그날은 반드시 온다는 것을 알았기 때문이다.

그 말에 더욱 확신과 위로를 가진 것은 서른네 살에 중앙대학교 연극영화과에 들어갔을 때다. 열네 살이나 어린 친구들과 공부를 하게 되었을 때 물론 즐겁기도 했지만 나름대로의 어려움도 있었다. 그럼에도 대학 생활을 참고 견딜 수 있었던 건, "그날은 반드시 온다"라는 말이 큰 위안을 주었기 때문이다. 이 말 덕분에 나는 언제나 모든 것들을 미리미리 할 수 있었다. 처음에야 이 시간이 지나면 정해진 그 시간은 반드시 이렇게 찾아오네, 정도였지만 힘들고 버거울 때는 이 말이 얼마나 큰 위안이 되었는지 모른다.

'반드시 졸업할 그날은 온다. 그날 내가 웃으며 졸업할 수 있을 것인가, 아니면 울면서 후회할 것인가는 지금 내가 무엇을 어떻게 하느냐에 따라 달려있다! 지금 열심히 하지 않으면 제때 졸업할 수 없다.'

이 말을 가슴속에 담고 뒤늦게 다닌 대학이었다.

신혼 초 밤늦도록 앨범 정리를 하고 있는 나에게 아내는 방문을 열고 큰 소리로 한마디 했다.

"내일 일찍 나간다면서요? 근데 뭐 하고 계셔요?"

"앨범 정리해."

"저기요! 그건 환갑 때 하세요, 환갑 때. 지금 그걸 왜 해요? 내일 일찍 나가야 하잖아요?"

"난, 지금 이거 하는 게 재미있어. 재미있다니까."

정말 재미있었다. 그리고 환갑 때 한다고 팽개쳐 놨으면 큰일 날 뻔했다. 그때부터 정말 꾸준히 앨범 정리를 해놓은 덕분에 지금 두 가지가 해결되었다.

첫 번째는 그 방대한 양의 앨범들을 아이들에게 물려주지 않아도 된다는 것이다. 앨범은 아이들에게 짐이다. 자신들의 사진도 관리하기 힘든데 부모 사진까지 물려받게 된다면 보관하기도 힘들고, 태워 없애기도 그렇고, 그래서 이러지도 저러지도 못하는 천덕꾸러기가 돼버린다면 어쩔 것인가. 그런데 스캐너로 데이터화한 뒤 인덱스까지 잘 정리해놓았기 때문에 외장 하드 하나만 물려주면 그것으로 그만이다.

두 번째는 연도별, 달별로 정리해놓았기 때문에 찾아보고 싶을 때 엄청 시간 절약이 된다. 심지어 어린 시절까지도 잘 정리되어있어 뭐든 다 찾아낼 수 있다. 언제든 끄집어내서 보면 되니까. 이것 하나만큼은 내 고집대로 다 해놓기를 정말 잘했다.

나는 내가 할 일에 대한 준비를 미리 해놓지 않으면 견딜 수가 없다. 그게 피곤한 일이라고 생각하지 않는다. 오히려 그렇게 해놓아야 마음이 호수처럼 편안하다. 뭐든 미리 안 해놓으면 편히 잘 수가 없을 정도라 "그날은 온다"라는 말과 잘 맞아 떨어지니 어느 정도는 다행이다.

"그날은 반드시 온다"를 떠올리면서 임종의 그날을 생각한다면, 또 생각을 해놓는다면 하루하루가 정말 보석같이 빛난다. 경우에 따라서는 두렵고 무서울 수 있으나 그날이 올 것이라는 확신을 갖는다면 오히려 큰 위안이며 행복이다. 이렇게 힘든 나날도 반드시 지날 테니까…. 나를 위해, 후손을 위해 미리 해둘 것은 없는가.

수년 전 부모님이 계신 공원묘지가 택지로 변환됨에 따라 묘지를

1987년 9월 제주도 신혼여행.
그때는 사진사가 신혼부부들에게 다 이런 포즈를 요구했다.

이장할 준비를 해야 했다. 그때 다가올 그날을 준비해야겠다고 마음먹었다. 내가 결정해야 했다. 내 결정에 이의를 제기할 사람도 없고, 또 의논을 드릴 수 있는 어른도 주위에 안 계셨다.

아내는 말 꺼내는 것조차 꺼려했다. 내가 부모님의 묘지를 이장할 때 우리 부부 것도 해놓기로 했기 때문이다. 우리는 죽음에 대한 것은 끔찍이도 생각하기 싫어한다. 그러나 하지 않으면 안 된다. 왜냐하면 그날은 반드시 오니까.

부모님 묘지를 먼 곳에다 모셔놓으면 아이들이야 우리에게는 오겠지만 할아버지 할머니를 몇 번이나 찾아뵙겠는가. 찾아가지 않으면 안 될 상황을 만들어주는 것은 어떨까, 하는 생각이 들었다. 우리 부모님과 우리 부부가 같은 장소에 있다면 그렇게 될 것이었다. 이런 것을 미리 해놓지 않으면 안 된다. 그날은 어김없이 찾아오기 때문이다. 내일이든 40년 뒤든 하나님이 부르시면 가야 한다. 그러니 오히려 하루하루 소중함이 자연스럽게 느껴진다. 죽음을 생각할수록 삶이 소중하다는 말은 정말 맞다.

가끔 묘지나 납골당에 가보면 곳곳에 사연들이 남겨져 있는 것을 볼 수 있다. 나이 드신 분도 있지만 나이 어린 이들이 그곳에 있는 경우도 눈에 많이 띈다. 무언가 우리에게 전해주는 것은 없는가? 어떻게 살라고 하지는 않던가? 정말 그런 문제는 나도 생각하기 싫고 미루어 두고 싶은 것이지만, 미루지 말아야 확실히 지금 삶이 더욱

풍요롭고 더욱 가치 있을 거라 생각한다.

　살아생전 어머니는 "꿋꿋하게 살아라"를 강조하셨다. 남자가 약해지면 안 된다고 힘내라는 말씀이셨다. 남긴 업적은 없어도 나는 어머니 말씀대로 꿋꿋하게 살아왔던 것 같다. 어머니는 나의 삶의 원동력이었다. 그러나 아직도 끝나지 않았다. 그곳에 반드시 간다는 것을 알고 남아있는 삶도 그렇게 살아야겠다. 성공적인 삶이 되도록…. 그리고 살아있을 때 자꾸 아끼지 말고 말해야겠다.

　"여보, 나하고 같이 살아줘서 고마워."

　그런데 목구멍까지 꼭 따라 나오는 이야기가 있다.

"박인규! 사실 당신도 내가 같이 살아줘서 고맙지, 응?

나 같은 남편 어디서 만나냐?

그니까 나한테 잘해. 응응?"

2장

함께할수록
따뜻한 인생

엄마 밥 줘

"'엄마 밥 줘' 어때요?"

"하하, 글쎄요. 좋기는 한데, 왠지 메뉴로는…."

"과감하게 그걸 메뉴판에 올려놔 봐요. 괜찮다니까 그러시네. 아, 좋잖아요. 우리가 어렸을 때 밖에 나갔다가 들어오면 허기져서 엄마한테 뭐라고 합니까? '엄마 밥 줘!' 그러잖아요. 그렇게 지어요."

"그래도 저…."

"알았어요. 정 그렇게 용기가 나지 않으시면 '엄마의 밥상'으로 하시든가."

"엄마의 밥상? 오, 그건 괜찮은데요."

결국 식당 주인은 새로 만든 백반 메뉴 이름을 나의 간절한 소망 (?)인 '엄마 밥 줘'라는 이름 대신 '엄마의 밥상'으로 결론 내렸다.

99년 9월, 나는 1년 6개월간의 공부를 끝내고, 뒤늦게 공부 한번 해보겠다고 하는 아내와 가족들을 뒤로하고 먼저 귀국했다. 그리고 가족들과 2년 10개월 동안을 떨어져서 혼자 생활했다. 매일 사 먹어야 하는 식사 문제로 고생하며 똑같은 메뉴들 때문에 고민이었다. 나는 오랜 생각 끝에 대체로 자주 먹어도 질리지 않는 백반집을 찾아다녔으나 주변에는 없었다. 그래서 그냥 오피스텔 내의 음식점을 찾아가 백반을 만들게 꼬드기고는 획기적인 백반 이름을 지어준다고 설쳐댔다.

누구든지, 언제든지 가만히 "엄마 밥 줘"라는 말을 한번 되뇌어 보라. 얼마나 정겨운 말인가? 너무나도 정겨운 밥상. 우리의 어머니들께서 차려주신 밥상들이 과연 비싼 재료로 만들어서 맛있었겠는가.

나는 지금도 눈을 감으면 어머니가 즐겨 해주셨던 음식들이 생각난다. 구수한 된장찌개부터 시작해 김치찌개, 동태찌개는 물론이고, 꽁치조림과 갈치조림, 자반고등어, 기름에 재고 소금을 뿌려 연탄불에 구워 낸 김 등 셀 수 없이 많다. 특별한 날에만 먹었던 큼직큼직한 평양식 만두, 기본 반찬인 어묵볶음, 콩자반, 멸치볶음. 심지어 명절 때 먹다 남은 각종 전과 나물, 떡국 등을 섞어 끓인 뒤 일주일 내내 먹었던 잡탕찌개에 이르기까지 지금도 눈을 감고 있으면 밥상 위에 차례로 음식들이 올라온다.

'아, 지금과 똑같은 재료인데 그때는 어쩌면 그리도 꿀맛이었을까?'

가끔 굴비를 먹을 때면 옛 기억 속으로 들어간다. 좋은 굴비를 만나면 비린내를 제거하기 위해 장시간 쌀뜨물에 담가 놓는다. 그리고 그놈을 쪄서 쪽쪽 찢어 물 말은 찬밥 위에 얹어 먹으면 환상이 따로 없다. 이런 이런. 아이들은 그 맛을 몰라 못 먹는단다. 우리 부부는 옛날이야기를 나누면서 그 맛에 빠져든다.

뭐니 뭐니 해도 나에게 있어서 죽어도 잊을 수 없는 음식은 동태찌개다. '어두일미魚頭一味'라는 말은 도미의 대가리 부분이 가장 맛있다는 데서 유래됐다고는 하지만, 사실 그 말은 세상의 어머니들이 자식을 위해 만들어낸 말이 아닐까? 그 말은 도미뿐 아니라 식탁 위 고기나 생선 대가리라면 전부 해당이 되었으니까.

"난 대가리가 맛있더라…."

어머니께서 어쩌다 시장에 나갔다가 아주 특별한 날 닭이라도 한 마리 잡아 오시면 지금은 구경도 하기 힘든 닭 대가리를 발라 드시면서 하셨던 말씀이다. 동태찌개를 끓이던 날도 어김없이 "난 대가리가 맛있다"하시면서 동태 살과 알은 발라서 자식들 밥 위에 올려 주시고, 어머니 당신은 동태 대가리만 발라 드셨던 기억이 난다. 그것도 구석구석 깨끗하게.

가끔 과거로 돌아간다면 몇 살로 돌아가고 싶느냐는 질문을 받을 때가 있다. 키가 그대로일까 조금 걱정이긴 하지만 나는 서슴없이 부모님이 살아계실 때라고 대답한다. 보통 우리 나이쯤 되면 다들 고아가 되지만 나는 너무도 일찍 부모님을 여의었다. 그래서 아직도 어머니가 차려주신 밥상이 그립고, 어머니의 사랑이 가득가득 배어

있는 동태찌개가 그립다.

어느 식당이든 '엄마 밥 줘'라는 메뉴를 만들 생각 없는가? 아이디
어는 그냥 제공할 터이니, 식당에 메뉴만 만들고 연락 주길 바란다.
당장에 달려가서 식당 문을 열면서 큰 소리로 외쳐 볼 테니까.

아, 정겨운 그 말!

"엄마, 밥 줘!"

뒤늦게 묻고 싶은 말

"얘, 둘째야. 난 반대다. 남자가 여덟 살이나 많은 것도 문제지만 국민학교도 제대로 안 나왔다며? 번듯한 직장 다니는 것도 아닌데…. 그리고 내가 여기저기 알아보니 애꾸라는 여자와 사귄다고 하더라."

큰이모는 어머니에게 넌지시 결혼 문제에 대한 의견을 말씀하셨다. 그런데 언니의 의견에도 불구하고 우리 어머니는 아버지와의 결혼에 긍정적이셨다.

"언니, 국민학교야 나도 안 나왔잖아요. 그냥 둘이 힘을 합해서 열심히 일하면 되지 않겠어요? 애꾸라는 여자는 그렇게 심각하게 만나는 사이가 아닌가 봐요."

'애꾸'라는 별명은 얼굴에 상처가 있어 항상 머리로 한쪽 눈을 가리고 다녀서 붙여진 것이었다.

아버지는 1920년에 황해도 개성에서, 어머니는 1928년에 평안남도 평양 개천군 개천면에서 태어나셨다. 두 분 모두 다 한겨울에 태어나셨다. 아버지는 1950년 제2국민병으로 2년 정도 복무하셨다. 덕수 이 씨 가문에 공파 25대손으로 3남 1녀 중 둘째로 태어났지만, 형님이 이북에 남아 생사를 모르는 상태였기 때문에 실질적으로 아버지께서 장남 역할을 하셨다. 그런데 집안 형편이 어려워 그 구실도 제대로 못하셨다.

국민학교를 잠깐 다니다가 그만두신 아버지는 어려서 산소 용접을 배우셨는데, 그 당시로는 제법 번듯하고 훌륭한 기술을 갖고 있는 셈이었다. 어릴 적 기억으로는 큰 쇠를 손으로 주물럭주물럭해서 거대한 보일러 통을 만드는 것이 정말 신기한 마술이라도 부리는 것 같았다. 아버지께서는 산소 용접으로 멋진 쇠 책꽂이며, 심지어 하나뿐인 귀한 아들(?)인 나에게 세발자전거까지 만들어 주실 정도로 실력이 뛰어나셨다.

그런 훌륭한 기술을 가지고도 집안 형편이 어려웠던 것은 아버지께서 큰 주문이 아니면 일을 하지 않으셨고, 그 기품 그대로 나아가 잔잔한 노름은 싫다며 판이 큰 마작에 빠져있었기 때문이다.

아들 셋, 딸 셋인 집에서 태어난 어머니는 노름을 밥보다 좋아하던 외할아버지를 아버지로 만났다. 노름 좋아하면 사람 좋다는 이야기는 들어봤어도, 노름 덕에 팔자 고쳤다는 소리는 못 들어봤다. 그러니 죽어나는 것은 가족들이요, 거덜 나는 것은 집안 형편 아니었겠는가.

어머니는 둘째 딸이셨다. 다 그런 것은 아니겠지만, 옛날에는 보통 아들이 셋이거나 딸이 셋일 경우 둘째가 이렇게 저렇게 치이는 경우가 많았다. 첫째는 일을 시킬 수 있으니까 필요하고, 막내는 너무 어려서 보살펴야 한다고 생각했기 때문이다. 이런저런 이유로 집안에서 첫째와 어린 것들을 챙기다 보니 둘째인 어머니는 어려서부터 외할머니 품에서 떨어져 여기저기 옮겨 다니며 이만저만 고생이 아니셨다고 했다.

옛날에는 빨리 시집보내는 것이 입 하나 더는 것이었다. 그래서 어머니는 알음알음 어르신들에게 소개받아 아버지를 만나셨는데, 결혼하기로 했다는 소식을 들은 큰이모가 엄청난 반대를 하셨던 것이다. 결혼하신 뒤에 그 사실을 알게 된 아버지는 이후 큰이모와 그렇게 사이가 좋은 편은 아니었다.

그러나 큰이모의 우려대로였을까? 어머니는 황해도에서 결혼을 하신 뒤 해방 이듬해 이남하여 삼각지에서 사시다 46년 마포 공덕동에서 누나를 낳고 후암동으로 이사를 해 터를 잡으셨는데, 결혼 후 단 한 번도 집안 형편이 나아진 적이 없었다.

그런데 집안 형편만으로도 힘든 그 와중에 아버지가 크게 바람을 피우실 뻔하셨다. 어머니가 첫 딸을 낳은 후 8년 동안 아이 소식이 없자, 아들을 보기 위해 다른 마음을 먹을 수밖에 없었던 것이다. 없는 살림에 믿어지지 않는 이야기지만 그 당시야 기필코 장손이 될 아들 하나는 봐야 했던 때였다.

집안이 복잡해져 갈 무렵 내가 비명을 질렀다. "안 돼, 절대로!" 하면서 6.25를 겪은 뒤, 나는 54년 후암동에서 태어났다. 나를 낳고 2년 뒤 여동생을 낳아 기르면서 어머니의 고생은 계속 이어졌다.

어머니는 자존심이 강했지만 참기도 잘하셨다. 배운 것은 없었지만 교양이 있는 분이셨다. 야단을 칠 때는 반드시 남들이 없는 곳으로 데리고 가셨다. 나같이 성격 급한 사람은 남이 보든 말든 야단을 치고야 말았을 터인데…. 남을 배려하는 마음도 정말 크셨다. 또한 아버지를 원망할 때는 옆에서 자식들이 동조하지 못하게 하셨고, 우리들에게는 언제나 "너희 아버지시다"라며 근엄하게 아버지의 권위를 세워주셨다.

여기까지 말하면 "세상에, 어쩌면 참으로 이홍렬이는 그렇게 오래전에 돌아가신 부모님에 대해서 그리도 잘 알고 있을까? 효자네, 효자. 아주 세세히 꿰고 있구면요, 꿰고 있어. 부모님에 대한 그리움이 절절히 넘쳐흐르네"라고 말씀하시는 분들도 계실지 모른다. 그러나 여기까지가 다다. 참으로 답답하다. 나의 부모님에 대해서 아는 게 딱 여기까지라니. 아버지, 어머니 두 분의 만남이 없었더라면 난 이 세상에 존재하지 못했을 텐데, 하는 원초적인 생각으로 이어지면서 묻고 싶은 것이 한없이 많아졌다.

"누가 처음 두 분을 소개해주었는지요? 아버지가 어머니를 본 첫

인상은 어떠셨는지요? 어머니가 본 아버지의 첫 느낌은요? 성실할 것 같아서 결혼을 결심하셨나요? 노름하시는 친정아버지가 보기 싫고 입 하나 덜어주어야겠다고 결심하고 빨리 시집가시려 한 거예요? 처음에 만난 장소는 어디셨는지요? 만나서 하신 말씀은 무엇이었나요?"

아, 안 되겠다. 그래도 토크쇼 사회까지 본 MC 출신인데 제대로 한번 여쭈어보고 싶다.

"자, 오늘 저 이흥렬의 부모님을 모시고, 아들이 궁금해하는 질문을 직접 한번 여쭈어보도록 하겠습니다. 유쾌하게 대답해주시되 곤란하시면 크게 기침 두 번 해주시면 알아서 넘어가도록 하겠습니다. 아버지, 어머니, 아시겠지요?"

"먼저 어머니께 여쭈어 볼게요. 큰이모가 그렇게 반대하는 결혼을 굳이 하신 걸 보면, 아버지에게서 매력을 느낀 것 아닐까요? 그게 어떤 매력이었나요? 적어도 나를 죽을 때까지 벌어 먹일 수 있느냐, 이런 질문은 하셨어야 하는 거 아닌가요?"

"아버지! 어머니의 어떤 것에 끌려 결혼을 생각하셨는지요? 착하고 참하다는 생각이 드셨습니까? 데이트도 좀 하셨나요? 프러포즈는 옛날 어르신들이 그렇듯이 안 하셨겠지요? 그래도 누구 소개였다고 하니 뭔가 이야기하셨을 거 아닙니까? 사랑한다니 뭐니 그런 건 안 하셨을 테고, 손목은 잡으셨나요? 키스는 언제 처음 하셨어요? 한번 웃고 물어봐드릴게요. 푸하하하하하하하. 요즘에는 애들 보는 앞에서도 부모가 다정스럽게 키스하는 시대예요. 결혼 첫날밤이 진짜 첫날밤이 맞으신가요? 곤란하시면 기침 두 번 하시라고 했잖아요⋯."

"참, '애꾸'라는 별명을 가진 여자. 그 여자는 어디서 만난 여자입니까? 그 여자의 얼굴 상처는 어느 정도이기에 한쪽 머리로 가리고 다녔어요? 상처를 직접 보셨습니까? 혹시 결혼까지 생각하셨던 건 아닌지요? 그 여자와 결혼하셨다면 어쩌면 저는 태어나지도 못할 뻔했군요. 얼핏 들은 건데 그 애꾸라는 여자, 조금 가벼운 여자는 아닙니까? 음, 이를테면 정조관념 쪽에서. 그냥 얼핏 들었어요. 아들도 귀가 있습니다요. 잊지 마십시오. 아버지 곤란하시면 기침을 두 번 정도 해주시면 됩니다. 곤란하신 모양이군요."

"아버지는 고향이 개성이십니다. 몇 살 때까지 기억하십니까? 어렸을 때는 어떤 소년이셨나요? 국민학교 1학년을 잠깐 다니다 그만두셨다고 했는데, 그 당시 형편이 어떠셨는지요? 철공소 산소 용접 기술은 언제부터 배우게 된 것입니까? 산소 용접은 어땠어요? 직업이긴 하지

1969년 무렵 해방촌 할머니 댁에서 부모님.

만 재미도 있으셨나요? 언젠가 아들에게 하얀 쌀밥에 가지런히 썰어 놓은 김치 반찬을 싸 갖고 온 동료가 그렇게 부럽다고 하셨습니다. 가난이 지겹지는 않으셨는지요? 한때 아들인 이홍렬에게 산소 용접 기술을 가르쳐주려고 했는데 아들이 엄청 싫어했지요. 그런 아들이 야속하지는 않으셨는지요? 나이 들면서 언제가 가장 외롭다고 생각하셨습니까? 장남(이홍렬)에게는 언제 가장 섭섭하셨는지요? 딸이 둘이나 있는데 제가 보기에는 둘 다 요즘 딸처럼 착착 안기거나 애곳덩어리거나 이런 거 같지는 않습니다. 서운하지 않으셨는지요?"

"어머니, 황해도 해주 용당포에서 결혼하실 때 상황 좀 이야기해주세요. 누가 누가 결혼식에 참석했습니까? 결혼을 앞두고서는 어떤 기분이 드셨는지요? 많이 설레셨습니까? 큰이모가 반대한 결혼이라 마음에 걸리지는 않으셨는지요? 해방 이듬해 삼각지와 마포에서 사셨다는데 그곳의 분위기는 어땠었나요? 바느질을 배운 것을 후회하신 적은 없으셨는지요? 장남(이홍렬)을 낳으시고 어떠셨는지요? 장남(이홍렬)을 낳기 전에 8년 동안 아들을 못 낳아 불안하셨는지요? 그 어려운 시절에 아들 못 낳았다고 정말 아버지가 다른 마음을 품었습니까?"

"아들이 어린 시절 좀 재미있는 구석이 있었는지요? 듣기로는 이 노래 저 노래 섞어서 잘 불렀다는데 재미있었나요? 어머니는 아들에게 두 가지 거짓말을 하셨습니다. 첫째는 콩나물 먹으면 키가 큰다고 하지 않으셨나요? 그거 아니었습니다. 둘째는 목욕탕입니다. 원래 합법적으로 다섯 살 이후에는 여탕에 못 데려갑니다. 국민학교 들어가서도 아들이 작으니까 돈 아끼시려고 여탕에 살짝 데리고 들어가셨습니다. 어머니, 지금 그거 아들인 제가 주변 상황 다 기억합니다. 빨래도 살짝 하셨지요? 웃자고 한 이야기입니다, 어머니."

"아버지, 조금 외람된 질문입니다만, 왜 큰 일이 들어오면 일을 하시고 잔챙이 일이 들어오면 외면하셨나요? 마음이 아프시면 넘어갑니다. 더 외람된 질문입니다만, 왜 마작을 그렇게 많이 하셨습니까? 아들도 컴컴한 방에서 담요 깔아놓고, 네모난 것으로 집을 짓고 있는 것을 얼핏 보았습니다. 기침을 크게 두 번 하시는군요. 지금 아들에게 가장 해주고 싶은 말은 무엇입니까?"

"자, 오늘은 이상입니다."

이러한 질문은 빙산의 일각이며 수없이 쏟아낼 수 있는 질문이 많다. 참으로 소소한 것까지 묻고 싶은 것도 많다. 진즉에 좀 많이 물어봐 둘 걸…. 묻는 자체로 즐거움이 솔솔 묻어날 것 같다. 그 질문에 어머니, 아버지가 같은 이야기를 아무리 반복하신다 해도 처음 듣는 것처럼 능청을 떨어드릴 자신도 있다. 내 직업이 듣고 이야기하는 것이 아닌가.

효도가 무엇일까? 자식을 키워보니까 알겠다. 어린 자식은 아프지 않고 잘 자라주는 것이 효도, 조금 더 커서는 늙으신 부모님 이야기 잘 들어드리는 것이 효도일 것이다. 부모님들은 나이가 들수록 자신의 옛날이야기를 하고 싶어 하신다고 한다. 그래서 나도 애들만 보면 서서히 증상이 나오나보다. 들건 말건 옛날이야기를 계속하게 된다.

인터넷에 떠도는 '까치 이야기'를 들어보았는가. 늙은 아버지가 "저 새가 뭐냐"라고 반복해서 묻자, 몇 번 대답하다 화를 내는 아들을 보고 어머니가 한마디 했다.

"애야, 넌 어릴 때는 백 번도 더 물어봤고, 아버지는 백 번도 더 대답해줬단다."

얼마든지 이야기 들어드리고 가끔은 이야기하시는 사이사이에 치고 들어가면서 나의 이야기도 많이 들려드리고 싶다.

다 큰 두 아들의 아버지가 된 나는, 다시금 나의 아버지, 어머니께 정말 감사드리고 싶다. 방송을 할 수 있는 재능을 주심에 감사한다. 또 귀한 유전자로 항상 새로운 꿈을 갖고 또다시 출발할 수 있게 해주셔서 감사하다. 그래서 아버지, 어머니 두 분의 만남 또한 감사드리고 낳아주셔서 감사하다.

2014년 10월 31일에 부모님 묘지를 이장하면서 나의 글씨로 비석에 새겨 넣은 글이다.

"엄마, 아부지 사랑합니다.

참으로 많이 그립습니다."

기억에도 없는 자라 피

1960년대 우리네 어린 시절의 겨울은 유난히도 추웠다.

"아니, 쟨 저러고 다니면 춥지 않나?"

"아이고, 홍렬이 쟤는 추위를 안 타요. 어릴 때 내가 자라 피를 먹였잖아. 자, 라, 피."

한겨울. 얇은 옷을 입고 돌아다니는 나를 보고 동네 어른들이 걱정되어 한마디 하시면 옆에서 듣고 있던 아버지는 한결같이 이렇게 대답하셨다. 어머니도 가끔은 동조하셨다.

"맞아요, 아들 낳았다고 좋아서 그렇게 먹였어요."

그게 어떤 문헌에 나와있는지 뒤져본 일은 없다. 어쨌거나 나는 어려서 자라 피를 먹었기 때문에 추위를 잘 견딜 수 있다는 거였다. 아주 귀하게 태어난 아들이었기에 귀한 자라 피를 나만 먹였고, 추위도 추우면 안 되는 것이었다. 그런데 중요한 것은, 사실 추웠다는 거다. 정말이지 추위를 참느라고 혼난 겨울이 한두 해가 아니었다.

나는 추운 겨울에 군대에 입대했다. 후방 부대였지만 봄에도 눈이 잘 녹지 않는 900미터 산 정상에 있었다. 나는 5월까지 겨울 점퍼를 입고 지내며 군대 생활을 이겨냈다. 기억에도 없는 자라 피 덕분이었다. 어린 시절 어찌나 많이 들었던 이야기인지 나는 지금도 겨울에는 절대 추우면 안 될 것만 같다.

한동안 원망했던 아버지. 그러나 이제 하나하나가 그립다. 그리고 별로 효험은 못 보고 있지만, 아버지에 대한 가장 좋은 기억은 그 자라 피 이야기다. 나를 낳고 뭔가 좋은 것을 해 먹이고 싶으셨던 아버지. 얼마나 좋으셨을까.

나이 들어 아버지가 절절히 그리워질 때쯤, 내가 출연하던 프로그램에서 숙제를 하나 주었다. 그 주의 주제가 '아버지'였는데 출연진들에게 각각 편지를 한 장 써 오라는 것이었다. 아버지에게 보내는 편지. 30여 년 전 돌아가신 아버지에게 말이다.

내가 아버지에게 편지를 써본 일이 있던가. 군대에 있을 때도 늘 어머니에게만 편지를 썼더니, 어머니가 넌지시 귀띔을 해주셨다.

"아버지에게도 편지 한 통 보내드리려무나. 은근히 서운하신 모양이더라."

어머니에게만 편지를 보낸 것을 아버지가 모를 리 없었다. 그때 아버지에게 처음이자 마지막으로 편지를 보낸 일이 있었다. 아버지에게 답장을 못해 어떤 감정을 갖고 계셨는지 알 길은 없지만, 지금 생각하니 상당히 여러 번 읽지 않으셨을까, 가늠해본다. 나도 자식에게 편지를 받으면 여러 번 음미하며 반복해서 읽었으니까.

아버지는 항상 어머니에게 주눅이 들어 계셨다. 가끔씩 불끈 하고 화를 내시기도 했지만, 대체적으로는 할 말을 제대로 못하고 사시는 편이었다. 살림살이의 거의 모든 주도권은 어머니가 가지고 계셨고, 아버지는 제때 생활비를 주기는커녕 아예 갖고 오지 못한 때가 부지기수였으니 무슨 할 말이 있었겠는가. 장남이 그런 아버지에게 불만을 갖고 있는 것을 바보가 아닌 다음에야 아버지 당신도 모르셨을 리가 없다.

항상 아이들이 말이 없다고 툴툴대는 나는 우리 아버지에게 어떤 말이든지 다정스럽게 건넨 적이 있었던가. 나야말로 아버지에 대한 온갖 불만은 다 갖고 있었다. 능력 없다고 얼마나 아버지를 답답하게 생각했던가. 후회보다도 아버지의 나이가 되니 아버지 속에 들어가 아버지의 많은 부분을 이해할 수 있는 듯하다.

돌아가신 아버지를 생각하며 쓴 편지는 스스로 눈물을 참기 힘들게 만들었고, 촬영장에 있던 많은 분들도 함께 눈물을 흘렸다는 뒷이야기를 들었다. 아버지를 생각하는 마음은 누구나 같을 수밖에 없는 것 같다.

1956년 무렵 아버지.

사랑하는 아버지!

한 살 한 살 나이가 들어가면서, 더욱더 그리운 아버지! 아버지가 제 곁을 떠나가신 지도 벌써 36년이라는 세월이 흘렀습니다. 전, 그 당시 스무 살이 훨씬 넘은 어른이었는데도 왜 지금처럼 아버지를 이해하지 못했는지 참으로 안타깝고 답답하기만 합니다. 아무것도 내게 물려준 것 없고, 생활력이 없는 아버지라고 툴툴대기만 했는데, 저는 이제 나이가 들어서 아버지를 이해합니다. 돈보다 더 큰 것을 물려주신 아버지 덕분에 개그맨이 되어 온 국민의 많은 사랑을 받고 있습니다.

사랑하는 아버지!

참으로 그립습니다. 늘 가슴으로만 사랑을 품고, 자식들에게 제대로 표현하지 않으신다는 탓만 했지, 왜 저는 제가 먼저 아버지께 살갑게 다가서지 못했을까요? 그것이 어쩌면 이 세상 가장 값진 효도일 수 있는데 왜 그러지 못했는지 자식을 키우면서 더욱더 아버지를 그리워하게 됩니다.

사랑하는 아버지!

아이들을 키우면서 처음 젖니를 빼 줄 때, 아버지 생각이 많이 났습니다. 벽에 못질 하나 제대로 못하며, 전기선 하나 제대로 못 만진다고 아내에게 핀잔을 들을 때면, 아버지 생각이 많이 났습니다.

저는 아이들을 위해 열심히 일하고 돈을 버는데 정작 아이들은 엄마만 상대할 때면, 많이 서운하고, 아버지 생각이 많이 났습니다. 아버지도 제가 어머니하고만 이야기한다고 많이 서운하셨나요? 저에게도 하고 싶은 이야기가 많이 있으셨나요?

듣고 싶습니다. 아버지. 무엇이 가장 속상하셨고, 무엇을 가장 원하셨는지요?

사랑하는 아버지!

그렇게 갑자기 가실 줄 알았더라면 개그 실력을 제대로 발휘해서 평소에 아버지부터 많이 웃겨드릴 걸 그랬습니다. 그런데 제가 가난부터 이겨내야 한다고 너무 치열하게 살아왔던 것 같습니다.

그래도 아버지!

열심히 살아왔다고 칭찬해주실 거죠?

반듯하게 착하게 살아가라고 격려해주실 거죠?

인생의 마무리를 잘하는 아들이 되겠습니다. 아버지의 착한 마음씨를 반이라도 닮아, 많은 사람들에게 사랑을 베풀고 실천하는 모습을 보여드리겠습니다. 그리고 떳떳하게 아버지 앞에서 "잘했다, 내 아들"이라는 소리를 듣고 싶습니다.

아버지! 아버지, 사랑합니다.

남자는 나이 40세가 넘으면 거울 속에 아버지가 잠시 나타났다가 사라진다고 했다. 어렸을 때는 아무리 주위에서 아버지를 닮았다고 한들 실감이 안 나지만, 주름이 하나둘 늘어나고 아버지라는 나이에 익숙해져 갈 때 거울을 보면 얼핏 아버지의 모습이 나타날 거라는 이야기였으리라.

아버지는 돌아가시고 난 다음에 생각나는 존재라고 누가 이야기했던가. 죽은 뒤에 생각 안 해도 좋으니 살아있을 때 좀 생각해주었으면 하는 것이 모든 아버지의 마음일 것이다.

나는 겨울이 싫다. 추운 것이 싫다. 춥다. 그런데 자라 피 때문에 추울 수가 없다. 부모님이 그리워진다. 추워도 춥지 않은 척할 수 있으니, 그런 말 좀 옆에서 계속해주었으면 좋겠다. 그렇게 일찍 가시지 말고….

"아이고, 홍렬이, 쟤는 추위를 안 타요.
어릴 때 내가 자라 피를 먹였잖아. 자, 라, 피."
"맞아요, 아들 낳았다고 좋아서 그렇게 먹였어요."

군대 가면 안 되는 이유

기가 막힌 타이밍이었다. 영장이 나왔다. 이제 어려운 고비를 넘기고 막 방송 데뷔를 눈앞에 두고 있을 때였다. 잘하면 TBC-TV 개그 프로그램에 나갈 수도 있었다. 연습 때도 가고 리허설과 녹화 때도 참여했다. 지나가는 역할이라도 하나 시켜줄 때까지 나가볼 생각이었다. 그런데 영장이 나온 것이다.

'난, 지금 군대 가면 안 된다. 가기 싫어서가 아니라 지금 가면 안된다는 것이다. 내 장래를 위해서라도 가면 안 된다. 일단 데뷔는 해놓고 가도 가야 할 것 아닌가. 그것도 그것이지만 가난에 찌든 우리 집을 내가 일으켜야 한다. 나 아니면 할 사람이 없다. 가만, 장남에 외아들이면 군대 안 가는 것 아닌가. 아, 아니다. 그건 독자일 경우이며 부모가 60세 이상이 되고 생활 능력이 없어야 한다. 다른 해당 사항이 없을까? 없다. 이것도 저것도 전부 해당이 안 된다.'

당시 종로 주간다실, 야간싸롱 파노라마에서 DJ 보조 생활을 하고 있었는데, 2년여의 음악실 보조 생활 끝에 연예계로 갈 길이 보였다.

뭔가 조금씩 보이기 시작한 것이다. 그런데 군대를 가야 한다니. 그럴 수 없었다. 난, 남들 다 가는 군대를 빠질 생각은 없었다. 그런데 그때만큼은 달랐다. 내 평생소원이었던 방송 데뷔가 눈앞에 보였다. 방법이 없을까 고민했다.

그때 파노라마의 광고 패널 담당이었던 친구가 논산으로 입대했다가 다시 돌아왔다. 결핵이었다. 무척 부러웠지만 멀쩡한 폐를 망가뜨릴 수는 없지 않은가. 그 당시 나는 작은 키와 마른 몸으로 아슬아슬하게 현역 판정을 받았다. 키가 그 정도 작은 것은 괜찮다는 이야기다. 작으려면 아주 완전히 작던지 해야 하는데 어중간하게 작아서 문제였다.

그런데 가냘프고 볼품없이 삐쩍 마른 내게 가장 만만한 것은 몸무게였다. 당시 내 몸무게는 48킬로그램이었다. 45킬로그램 이하면 군대에 갈 수 없었다. 나는 3킬로그램만 빼면 된다는 생각이 들었다. 그리고 "됐다" 하고 안심했다.

그날 이후 나는 거의 먹지 않고 사우나에 다녔다. 있는 살을 빼기도 어려운데 없는 살을 빼려니 더 힘들었다. 그러나 결핵으로 귀향 조치가 된 친구처럼 몸무게 미달로 돌아올 날을 기대하며 매일 우유와 빵을 조금씩 먹으며 버텼다.

'3킬로그램이다. 겨우 3킬로그램만 빼면 된다.'

그리고 입소 전날 목욕탕에 가서 몸무게를 재 보니 정말 가능성이 보였다.

논산훈련소에 대기하며 신체검사를 다시 받은 후, 방역 주사를 맞기 전까지의 신분은 '장정'이다. 그 시절에는 며칠 앞선 훈련병도 부러워했다. 그러나 나는 부럽지 않았다. 나는 돌아가야 할 곳이 있었기 때문이다.

군대에서 나오는 밥, 소위 '짬밥'도 먹지 않았다. 먹는 둥 마는 둥하며 눈치를 봤다. 사실 훈련병이 되기 전에는 여기저기 취사병 보조나 도로 작업 등으로 불려갔던 사람들이 많은 터라 군 입대의 실감이 나질 않아 입맛을 잃은 이들이 많았다. 덕분에 아무도 내게 왜밥을 안 먹느냐고 묻는 이도 없었다.

드디어, 일주일 만에 신체검사를 다시 받게 되었다. 여기서 44킬로그램 정도만 나오면 나는 집으로 다시 돌아갈 수 있었다. 내년에다시 오든 말든 데뷔나 좀 하고 다시 오던가 해야겠다는 생각이 간절했다.

'나는 돌아가리라. 어이, 장정들. 장병이 되어 열심히들 나라 지키시게나. 나는 사정이 있어 돌아가야 한다네. 내가 집안의 가장이거든. 난 가야 해. 어서 가서 우리 어머니 뵙고 안심시켜 드려야 한다네.'

신체검사를 받기 전, 나는 화장실로 달려갔다. 몸속에 조금이라고남아있는 것들을 억지로라도 다 빼고 최종 신체검사에 임했다. 지금껏 살아가면서 그렇게 긴장한 적은 손에 꼽을 정도로 적을 듯싶다.

차례를 기다려 들고 있던 카드를 조심스럽게 내려놓고 저울대를 바라보았다. 커다랗고 둥근 눈금판이 눈앞에 펼쳐졌는데 나는 그걸 바라보며 받침대에 올라섰다. 불안했다. 정확성에 있어서 나를 만족시켜 줄 수 있을는지 초조했다.

지금도 정확하게 기억하고 있다. 둥근 저울대의 눈금판은 녹색 테이프로 둘러져 있었는데 그건 눈금판이 오래되고 낡았다는 증거였다. 나는 떨리는 마음을 진정시켰다. 상당히 조심스러웠다. 그러나 주위 여건은 험악했다.

"다음 장정 올라가!"

올라섰다. 긴장하고 올라선 탓에 저울 바늘마저 덜덜 떨렸다. 흔들흔들 흔들리면서 멈춘 바늘은 정확하게 45킬로그램을 가리켰다.

'아, 이거 애매하다. 약간 위에서 보면 44.5킬로그램까지 봐줄 수 있지만, 밑에서 보면 45킬로그램이 충분히 되는데….'

그런데 대부분 약간 밑에서 관찰한다. 통과되었다. 그리고 내 계획은 실패했다. 현역 확정이었다. 결정적으로 중요한 것은 방역 주사를 맞은 것이다. 군대로 들어가는 '권총 주사' 한 방을 맞은 것이다. 그 의미는 앞으로 꼼짝없이 3년 동안 군대 생활을 해야 한다는 이야기였다.

갑자기 다리가 후들거리고 힘이 빠지면서 맥이 탁 풀렸다. 피로감이 파도를 타고 밀려오는 듯했다. 실망, 좌절, 눈물 이런 것도 없었

1975년 논산 훈련병 야외교장에서.

다. 그냥 멍했다. 맞은 건 주사 한 방이지만 망치로 머리를 한 방 맞은 것 같은 기분이었다. 주변 사람들에게 "금방 돌아올게요"라고 말하며 회식도 될 수 있는 대로 피하고 들어갔던 군대였다.

'그 맛있는 거 먹고 나올걸. 이제는 꼼짝없이 3년이다.'

청량리에서 마구 손을 흔들던 어머니가 생각났다. 아직도 기억에 생생하다. 어머니는 열차 안으로 들어간 나를 놓치셨다. 얼마나 많은 장정, 그리고 식구들이 있었겠는가. 나중에 들은 이야기지만 어머니는 나를 놓치시고는 안타까워하셨다고 한다. 그렇지만 어디선가 아들이 지켜볼 것이라고 생각하고 하염없이 손을 흔드셨다고 했다. '아들아, 건강하게 잘 다녀오너라' 하며 힘차게 말이다.

나는 그 모습을 보았다. 나를 바라보고 있지는 않았지만 틀림없이 나에게 보내는 신호인 걸 알고 있었다. 나는 어머니를 바라보며 "어머니, 걱정 마세요. 금방 올 거예요. 금방 돌아올 거예요"라고 속으로 다짐했었다.

하지만 태생이 낯가림은 심해도 새로운 분위기에 적응은 잘하는 이흥렬이었다. 나는 바로 매점으로 향했다. 그리고 삼립에서 나온 크림빵을 5개 사서 우걱우걱 먹어댔다. 그렇게 나는 군대 생활에 돌입하게 되었다. 삼립 크림빵은 정말 맛있었다.

'얼마 만에 마음껏 먹어보는 빵이냐, 그리고 군대 음식이냐.'

그날 저녁부터 식사를 한 것은 물론이요, 나처럼 군대 밥을 맛있게 먹는 사람은 못 봤을 것이다. 차마 핥아 먹지를 못했을 뿐이지 엄청 신나게 먹었다.

훈련소 생활은 정말 조용히 마쳤다. 적응은 하되 생각할 시간이 많이 필요했기 때문이다. 이후 논산훈련소 28연대에서 트럭하고도 안 바꾼다는 이등병 계급장을 달고 공병학교 후반기 교육을 받으러 갔다. 낙엽도 직각으로 떨어진다는 공병학교. 그 당시 공병학교 군기는 정말 대단해서 입소하자마자 오리걸음으로 시작해 하루 종일 뺑뺑이를 돌았다.

나는 군 생활이 조금 즐거워야 되겠다 싶어 오락 시간에 코미디언이 꿈인 것을 밝힌 뒤 코미디와 원맨쇼로 MC를 보았다. 그리고 드디어는 교관들과 내무반 반장들에게 그 능력을 인정받아 여기저기 불려 다니기 시작했다.

"훈련받을래, 이홍렬이 나와서 오락을 할래?"

나는 둘 중의 하나를 선택하게 되었다. 설마 후반기 교육을 받는 이병들이 "훈련이 낫지요"라고 하겠는가.

군 생활 동안 가장 잊지 못할 일은 병장을 늦게 달게 된 사건이었다. 영창을 다녀온 것이다. 가게 된 계기도 정말 말할 수 없이 부끄럽기 이를 데 없다. 서신위규. 어머니께 정말 배가 고프니 만 원만 보내 달라는 편지를 쓴 것이 걸렸다. 참으로 어처구니없는 일이었다. 급수병에서 행정병으로 올라간 뒤 벌어진 사건이라서 피하려야 피할 수 없는 기가 막히게 창피한 사건이었다.

4박 5일간 군대 영창을 경험했다. 계급 사회며 특수 사회인 군대는 제약이 많았다. 그런데 영창은 그보다 더 큰 제약이 기다리고 있었다. 그곳에서 시간을 보내며 군대의 계급 사회가 오히려 자유롭게 느껴졌다. 그리고 병영 생활이 그리웠다.

며칠 후, 나를 안타깝게 보던 자대 인사계 담당자의 마중을 받으며 자대에 복귀했다. 그렇게 나는 3년 내내 고지 부대에서 봄이면 취나물, 여름이면 도라지, 가을이면 개암, 머루, 다래를 캐고 겨울에는 산토끼를 잡아가면서 보초 업무와 행정 업무를 보면서 지냈다. 그러면서 멋진 동기 한 명을 만났다. 덩치가 산만 한 전라도 장성에 사는 김한종이라는 친구였다. 그 친구와 지금도 만나니 우리의 인연은 정말 오래도 되었다. 무려 40년이다. 장성군의회 의원을 지낸 김한종이 장성군수로 출마할 때 정말 열심히 띠 두르고 홍보해주었다.

떨어졌다. 그러나 지금도 즐겁게 만나고 있으니 군대에서 평생 친구를 만난 셈이다.

33개월 4일

1975년 11월 4일 입대

1978년 8월 4일 전역

150

참으로 잊을 수 없는 숫자들이다. 때가 되면 제대하는 법. 예비 군복을 깨끗이 빨아 다리미로 잘 다려서 예쁘게 입고, 씩씩하게 불모산 산적(?) 생활을 끝내고 전역했다. 내가 만약 귀향당했거나 군대를 못 갔더라면 어떠했을까? 지금 돌이켜 생각해 보니 끔찍하다. 군 복무를 하건 면제 혜택을 받건 다 좋다. 그 어느 것도 남은 인생을 끝까지 쫓아다닌다. 내가 아들 둘을 어떻게든 현역을 보내야겠다는 생각이 든 이유이기도 하다. 난, 군대에 갈 수 없다고 생각했으나 다녀왔다. 정말 잘 다녀왔다.

유도로 세계를 평정한, 최고의 유도 영웅 김재엽 교수. 그의 휴대전화 바탕 화면에는 육군 현역으로 입대한 아들의 사진이 깔려있다. 군 입대를 앞두고 마음이 심란했던 아들은 아버지인 김재엽 교수에게 한마디 했다고 한다.

"아빠, 군대 쪽에 어디 좀 아는 데 없어? 조금 편한 데…."

"야, 인마, 그런 데가 어디 있니? 내가 그걸 어떻게 알아."

"에이, 좀 알아봐. 나 엄청 긴장된단 말이야."

"야, 그런 거 없다. 인마, 뭘 그리 유난 떠니. 그냥 군대 가라, 가."

"아빠가 내 맘을 알기나 해? 아빠는 군대 갔다 오지도 않았잖아!"

"그러면 네가 금메달을 따지 그랬니?"

"아, 내가 축구해서 어떻게 금메달을 따요."

"야, 인마. 그럼 네가 유도를 하던가?"

우린 이 이야기에 엄청 웃었다. 맞다. 김재엽 교수는 금메달을 여러 개 따서 군대를 합법적으로 가지 않았다. 그래서 입대 전의 심란함과 긴장감을 모른다. 군기를 잡던 그 당시의 냉기를 모르는 것이다.

논산으로 향하는 열차에서 부모님하고 헤어질 당시 청량리역에서는 다정다감했던 조교들이 논산역을 1시간 정도 남겨놓고는 돌변하기 시작한다. 그래서 나는 이 시간에도 군대로 향하는 많은 젊은이들에게 격려와 박수를 보내고, 무사히 건강히 전역하는 것이 부모님께 최대의 효도라고 이야기하면서 응원을 보낸다.

김재엽 교수는 오늘도 휴대전화 바탕 화면에 군대 간 아들 얼굴을 수시로 바꿔놓으며 은근히 자랑스러워한다.

"김재엽 교수!

아들 얼굴 보기 미안하면

지금이라도 군대 다녀오던가."

세상의 전부였던 어머니

와도 그만 가도 그만 방랑의 길은 먼데

충청도 아줌마가 한사코 길을 막네

주안상 하나 놓고 마주 앉은 사람아

술이나 따르면서 따르면서

내 설움 네 설움을 엮어나 보자

오기택의 〈충청도 아줌마〉는 어머니가 즐겨 부르시던 노래다. 그래서 나는 어디서든 이 노래만 들으면 어머니 생각에 푹 빠져든다. 이 노래가 어머니의 고단한 삶에 어떤 위안이 되었을까? 나이가 들고 노래 가사를 거듭 음미해볼수록 어머니는 여유롭지 못한 삶에 얼마나 여유를 갖고 싶으셨을까, 하는 생각이 들어 안타까운 마음 금할 데가 없다.

간혹 난 이런 생각을 한다. 만약 내게 이 세상을 떠난 사람 중에서 단 한 사람을, 단 한 번만 만날 수 있는 기회가 주어진다면 난 조금도 주저하지 않고 어머니를 택할 것이라고. 정말이지 단 한 번만이라도 만나고 싶다. 어머니, 나의 어머니를. 아니, 만나지는 못하더라도 어머니 얼굴을 먼빛으로나마 한 번 보기라도 했으면 좋겠다. 아니, 내가 내 마음에 드는 아내를 맞아 아들 둘 낳고 잘 살고 있노라고, 그것도 배곯지 않고 잘 살고 있다는 말이라도 전할 수 있다면…. 그러면 평생 가난과 고생 속에서 자식 걱정하다 돌아가신 어머니가 저세상에서라도 위안을 얻지 않을까 해서다.

1979년 1월 1일 오후 7시 35분. 어머니는 뭐가 그리 급하셨던지 오랜 암 투병 끝에 만으로 오십을 채 채우지 못하고 세상을 떠나셨다. 그날 난 언제나처럼 외출 준비를 마친 후 어머니께 인사를 드렸다.

"엄마, 저 일하러 가요."

자궁암을 앓으셨던 어머니는 당시 잦은 하혈로 기운 없이 누워 계셨다.

"교회 가니?"

어머니는 왜 그날따라 교회 가느냐고 물으셨을까?

"아뇨, 엄마. 일하러 가요."

이것이 어머니와 내가 마지막으로 나눈 대화였다. 그 말을 끝으로 다시는 어머니의 음성을 듣지 못하게 되었다.

그때 나는 세븐 다방이라는 곳에서 DJ를 하고 있었는데, 급히 집으로 돌아오라는 아버지의 전화를 받고도 담담했다. 이미 그런 적이 여러 차례 있었기 때문이다. 그러나 집에 들어서는 순간, 뭔가 달랐다. 나는 얼른 방으로 뛰어 들어갔다. 어머니는 숨을 깊게 몇 번 내쉬고는 곧 고개를 떨어뜨리셨다.

어머니는 나를 기다리셨던 걸까? 내가 돌아오자 안도의 숨을 쉬신 걸까? 할머니께서 하얀 시트로 어머니를 덮으시는데, 난 갑자기 어머니가 돌아가신 게 아니라는 생각이 들었다. 그래서 시트를 젖히면서 울부짖었다.

"우리 엄마는 죽은 게 아닌데 누가 이런 것을 덮어놓았어!"

내가 울부짖는 소리를 들으면 어머니가 정신이 드실 것 같아 어머니를 흔들며 계속 불렀다. 내가 흐느끼며 얼굴을 파묻은 어머니의 가슴에는 아직도 따스한 온기가 남아있었다. 그래서 더욱 어머니는 돌아가시지 않았다고 우기며 울었다.

어머니는 그렇게 가셨다. 세상 가난 속에서 자식들 잘 키우며 어떻게든 살아보려고 발버둥 치던 어머니가 하늘나라로 가셨다. 여자로 태어나 소녀에서 숙녀로, 또 한 남자의 아내이자 삼남매의 어머니로. 여인의 삶이 변하면 변하는 대로 생활이 달라지고 처지도 달라지련만, 우리 어머니는 일생 동안 가난과 불행에 발목을 붙들려 사셨다.

조그마한 철공소를 운영하셨던 아버지. 그런데 무슨 이유에서인지 슬그머니 철공소를 그만둔 아버지는 내가 중학교에 들어가면서

부터 경제적인 책임을 어머니의 어깨로 옮겨 놓으셨다. 그때부터 어머니는 한복 바느질로 우리 삼남매를 공부시키고 집안을 꾸려나가셨다. 밤새 재봉틀, 인두와 싸움을 해야 했던 어머니. 어머니가 지고 가야 할 생활의 짐은 너무나 무거웠을 것 같다.

능력 있는 남편을 만나 그 어깨에 기대어 살림만 하면서 사셔도 됐을 어머니는 평생 남의 한복과 씨름하셨다. 그런 어머니가 계셨기에 누나와 여동생, 그리고 나는 무사히 고등학교까지 졸업할 수 있었다. 우리가 학교를 다니는 것에 대해 아버지는 종종 이렇게 말씀하셨다.

"돈이 없으면 학교를 못 가는 거지."

좀처럼 아버지의 말에 반박을 않으시는 어머니도 그 말만 나오면 발끈해서 목소리에 힘을 주어 말씀하셨다.

"낳기만 한다고 부모가 아니라, 키우고 교육을 시켜야 제대로 된 부모가 되는 거예요."

그런 다음 나에게 일침을 놓으셨다.

"넌 이다음에 커서 무책임한 부모가 되지 마라."

어머니는 국민학교도 나오지 못하셨지만 교육열 하나만은 다른 어떤 어머니보다 뜨거우셨다. 가난에 파묻혀 사는 것이 당신이 배우지 못했기 때문이라고 생각하셨던 것 같다. 그래서 악착같이 우리 형제들을 공부시키려고 하셨는지도 모른다.

그런데 아버지의 생활 태도는 어머니와는 너무나 달랐다. 일도 잘 안 하시는 데다 돈이 생기면 노름방을 전전하며 어머니의 애간장을 많이 태우셨다.

일을 하지 않고 노는 것이 딱했던지 아버지의 친구 분이 연장을 사 주셨다. 그런데 그 연장을 노름방에서 또 잃어버리고 들어오자 어머니는 나에게 푸념을 늘어놓으셨다.

"너희 아버지는 마작을 좋아해서 틀렸어. 잔돈 몇 푼의 마작이라고는 하지만 작은 일거리는 아예 받지도 않고 일을 하지 않으니 잔돈이 잔돈으로 끝나니? 그러니까 연장통을 몇 번이나 도둑맞고 그러지. 비싼 연장통 도둑맞으면 그것 없으니 또 일을 못하고…."

어머니는 정말 힘이 들 때면 그래도 아들이라고 나를 붙잡고 크지도 않은 목소리로 이렇게 한숨 섞인 푸념을 하셨다. 그러나 어머니의 나지막한 푸념은 언제나 어머니가 돌리는 발재봉틀 소리에 묻혀 금방 잦아들곤 했다.

많이도 우셨던 어머니지만, 힘든 와중에도 밥을 먹을 때면 식구들의 밥 먹는 흉내를 내며 우리를 즐겁게 해주셨다.

"얘, 너희 아버지 국 먹는 소리는 늘 이렇구나."

"넌 밥 먹을 때면 꼭 짭짭 소리를 내더라."

우리는 배꼽을 쥐고 웃었다. 그러나 그때를 제외하고는 내 기억 속에서 어머니의 웃는 모습을 찾아보기란 어렵다. 그건 가계를 책임져야 한다는 현실의 무게 때문에 어머니의 얼굴이 늘 근심에 차있었기 때문이었다.

우리는 한 번도 제집을 가지고 살아본 적이 없었다. 늘 단칸방을 전전하며 다섯 식구가 몸을 부대끼며 살았는데, 한번은 남의 집 2층을 빌려 산 적이 있었다. 그 집은 다행히 앞마당에 수도가 있어 집주인이 수도를 사용하지 않는 밤이면 우리가 호스를 연결해 물독에 물을 받을 수 있었다. 사정이 이러하니 어머니는 평생 깊은 잠을 주무시지 못했다. 옆에서 바스락 소리라도 나면 벌떡 일어나 앉으시던 어머니다. 하루 종일 바느질에 지치고 밤이 되면 물까지 받아야 하는 이중고에 시달리던 어머니는 늘 쏟아지는 잠과 싸워야 했다.

그러던 어느 날 아침, 어머니는 웃으면서 우리에게 지난밤 이야기를 해주셨다. 어제도 어머니는 물을 다 받아놓고 잠이 드셨는데, 어디서 물이 넘치는 소리가 들려 잠자리를 밀치고 벌떡 일어났다고 했다. 물을 받느라고 늘 신경을 곤두세우던 습관이 발동해 어머니는 재빨리 부엌 쪽으로 가서 물독을 살펴보았는데, 물독엔 물이 가득 채워져 있었다. 이상하다 생각하며 방으로 들어서니 그 물소리는 바로 자다 깨신 아버지가 요강에 소변을 보는 소리였다는 것이다. 어머니는 웃으면서 말씀하셨지만 난 그때 다짐했다. 빨리 커서 어머니의 단잠을 지켜줄 것이라고.

중학교 때였던 것으로 기억한다. 자다가 눈을 떠보니 어머니는 한

복을 만들다 졸고 계셨다. 나는 일어나 살며시 어머니를 불렀다.

"엄마, 그냥 주무세요."

나의 나지막한 소리에도 깜짝 놀라서 번쩍 눈을 뜨신 어머니는 "아니다. 이 한복 내일까지 해다 주기로 약속했단다. 너나 자거라." 하고 말씀하신 뒤 내 잠자리를 다독여주셨다.

지금 와서 생각해보면 별로 잘나지 않은 인물과 명석치 않은 머리에도 내가 버틸 수 있었던 것은 어머니께 물려받은 '신용과 책임감을 중요시 생각하는 자세' 덕분이라는 생각이 든다.

잊히지 않는 가슴 아픈 기억이 하나 있다. 내가 중학교 3학년이었을 때다. 생전 늦잠이라고 없던 어머니가 그날따라 늦게까지 자고 있자 아버지는 이상해하시면서 어머니를 흔들어 깨웠다.

"여보, 그만 자고 일어나. 밥해야지."

다른 일을 하고 있던 나는 어머니가 아무 반응이 없어 무심결에 뒤를 돌아보았는데, 그때 어머니의 한쪽 팔이 힘없이 툭 떨어졌다. 나는 놀라서 어머니 쪽으로 달려갔고 아버지는 느낌이 이상하셨는지 재빨리 쓰레기통을 뒤졌다. 약봉지가 나왔다. 아버지는 어머니를 업고 병원으로 뛰었고 나와 동생도 울면서 그 뒤를 따랐다. 어머니의 자살 기도였다.

응급실에서 깨어나신 어머니는 정신을 차리자마자 눈물을 흘리며 나지막하게 말씀하셨다.

"그 정도 가지고는 죽지도 못하는구나."

나는 어머니 옆에서 울면서 가슴이 미어지도록 아프다는 말이 어떤 것인지 체험했다. 어떤 상황이 돼야 스스로 목숨을 끊어야겠다는 생각이 드는 걸까?

어머니는 당신의 결심을 실행으로 옮기기로 마음을 굳힌 그날 밤, 잠자리에 든 내 다리를 잡고 우셨다. 처음 보는 눈물은 아니었다. 어린 시절부터 봐와서 익숙해진 어머니의 눈물이었다. 난 '일 안 하고 마냥 노는 아버지와 생활고 때문에 또 우시는구나' 하고 엄마의 손을 살며시 잡으며 말했다.

"엄마, 왜 울어. 그만 자요."

어머니는 여전히 울음을 멈추지 못하고 흐느끼며 나에게 당부하셨다.

"동기 간에 서로 의지하고 공부 열심히 해라."

어머니는 뭔가 결심한 흔적을 어린 아들에게 내비치지 않으려 애를 쓰셨고, 나는 그날따라 어머니가 이상한 말을 하신다고만 생각하며 잠이 들었다.

"아이고, 이 사람아. 이게 웬 날벼락인가?"

소식을 듣고 병원으로 달려온 친척 할머니 한 분이 어머니 손을 움켜쥐고 다그치듯 물었다. 그때까지 아무 말이 없던 어머니는 우리 집 사정을 비교적 소상히 알고 있는 이 할머니를 보자 다시 울먹이며 속말을 털어놓았다.

"밖에 나갔다 우리에게 돈을 꾸어 준 사람을 만났는데 밀린 이자를 독촉하기에 사정사정해서 달래놓고 집에 들어오니 쌀독에 쌀은 하나도 없고…. 우리 두 사람 시계라도 팔아 돈을 마련해 오겠다던 애들 아빠는 시계를 팔아 온 것도 아니고, 어디 가서 돈을 꾸어 온 것도 아니고, 그냥 들어와 방에서 자고 있잖아요. 그걸 보니까 얼마나 기가 막히던지…."

당시 어머니는 지쳐있었던 것이었다. 충분히 먹고살 수 있는 기술을 가지고도 일을 안 하셨던 아버지의 무책임을 더 이상 견디지 못하셨던 것이다. 가장의 무책임한 행동이 충분히 견딜 수 있는 상황을 그렇게 비극으로 몰고 갔다. 그 뒤로도 어머니는 병으로 이 세상을 떠나시기까지 10년이란 세월을 더 사셨다. 생활도 더 나아진 것 없이 바늘과 재봉틀, 인두와 힘거운 싸움을 계속하셨다.

어머니가 그리 오래 살지 못할 것이라는 이야기를 들은 것은 제대를 꽤 남겨놓은 군대 시절이었다. 그것도 내 가족의 입을 통해서가 아니라 누나의 옆집에 사는 치과 의사를 통해서였다.

군대에서 휴가를 나와 매형의 병원과 붙어있는 치과에서 치료를 받던 중이었다. 치과 의사는 내 입안을 들여다보며 "홍렬이, 지금까지 어머니에게 잘했지만 앞으로 더 잘해야 해. 앞으로 한 5년은 견디

시려나?"라고 말했다. 난 그 말에 깜짝 놀라 입을 다물어버렸다. 치과 의사는 내가 어머니의 병세를 알고 있다고 생각한 모양이었다. 그러나 난 무슨 말인지 잘 이해가 되지 않았다.

"그게 무슨 말이에요?"

"…."

누나네와 친분이 있던 의사는 나를 위로하고자 무심코 한 말이 내가 미처 모르는 사실을 폭로한 격이 되어버려 당황했다. 난 다리가 휘청거렸다. 누나에게 달려가 무슨 영문인지 물어보았다.

"네가 알면 큰 충격을 받을까 봐 일부러 말을 하지 않았어. 엄마는 지금 자궁암이야. 엄마만 모르고 다 알고 있으니까 너도 엄마가 아시지 않게 각별히 신경을 써야 한다."

누나에게 이야기를 전해 듣고 난 기가 막혀 눈물조차 나오지 않았다. 세상의 비극이란 비극은 다 우리 집으로 몰려오는 것 같았다.

'영화나 소설에서만 있던 얘기가 진짜라니…. 어머니! 어머니가 이 세상에서 없어질 수 있다니요. 나에게도 그런 일이 일어날 수 있다니요….'

어머니가 편찮으시다는 것을 알게 된 후 늘 조바심 속에서 군대 생활을 했다. 혹시나 어머니가 어떻게 되었다는 소식을 전해 듣게 될까 봐 마음을 졸이며 지냈다.

77년 봄쯤, 군대 생활이 어느 정도 몸에 익어 흔히 군인들끼리 말

1956년 무렵 어머니.

하는 '짬밥 살'이 오를 무렵이었다. 어머니는 여동생과 함께 내가 있던 김해까지 나들이를 오셨다. 그날 어머니는 유난히 몸이 부어 보였다. 내게는 너무 몸이 불어도 걱정이요, 너무 마르셔도 걱정이었다. 어머니를 바라보면 그저 안쓰러운 생각밖에 안 들었다. 나를 보고 반가운 마음에 한동안 말을 잇지 못하시던 어머니는 한꺼번에 여러 가지를 물으셨다.

"몸은 건강하니?"

"밥은 먹을 만하니?"

"생활에 불편한 건 없니?"

'내가 아무리 괴롭다 한들, 어머니가 살아오신 것만 하겠습니까?'

어머니의 물음에 난 속으로 대답하고 있었다. 어머니는 내가 어디서 자고 어떤 건물에서 생활하는지, 잠은 누구와 함께 자는지 같은 것들을 연신 물으시다 가지고 오신 보퉁이를 보며 말씀하셨다.

"얘들아, 우리 어디 가서 뭐 좀 먹자."

어머니는 아무거나 먹어도 된다는 나를 굳이 불고기집으로 데리고 가시더니 불고기 3인분을 시키셨다.

"엄마, 엄마도 좀 드세요."

"먹고 있잖니. 너희들이나 어서 많이 먹어라."

불고기가 나오자 어머니는 여동생과 내가 먹는 것만 바라보시면서 자꾸 많이 먹으라고 채근하셨다. 주문한 고기가 거의 바닥을 보일 무렵 어머니는 끌어안고 계시던 보퉁이를 풀었다. 보퉁이를 풀자 정육점에서 사 온 듯한 불고기가 제법 수북했다. 이걸 주인이 보지 않는 틈을 타서 석쇠 위에 올려놓으며, 어머니는 또다시 많이 먹으라고 권유하셨다.

"창피하게⋯. 주인이 보면 어떡해, 엄마?"

난 언젠가 그런 것을 본 적이 있어서 주인이 혹시 타박하지 않을까 걱정스레 물어봤다.

"괜찮아. 다들 그렇게들 먹는단다. 많이 먹어라."

먹는 속도를 빨리 했다. 주인이 와서 보더라도 눈치채지 못하게. 다들 없던 살림 속에서 나온 지혜(?)였다. 간혹 알아차린 주인이 한마디 하는 경우도 있고, 흔하게 있는 일이라며 넘어가주는 주인도 있었다.

1978년 8월 난 제대를 했다. 그날을 얼마나 기다렸는지 모른다. 무엇보다 어머니의 고통을 옆에서 조금이라도 덜어드리고 싶었고, 아들인 내가 많은 위안이 되어드리고 싶었다.

제대하던 날, 어머니는 병세가 호전되고 있는 듯 보였다. 어쩌면 아들의 제대가 어머니에게 힘을 주었는지도 모른다. 아들을 보시며 어머니는 무척 좋아하셨다. 자리에서 일어나 다른 방으로 기다시피 가시더니 장롱을 뒤져 속옷을 찾아주기도 하고, 맛있는 것을 만들어 주신다며 분주하셨다.

그러나 다음 날 어머니는 하혈을 하셨다. 잦은 하혈로 괴로워하는 어머니를 보면서 난 어찌할 바를 몰랐다. 그때 어린 시절에 잠시 다녔던 교회를 떠올리며 외쳤다.

'하느님. 왜 하필 우리 집에, 그것도 우리 어머니께 이런 시련을 주셨습니까? 어머니께 무슨 죄가 있기에요? 죄라면 자식들을 위해 이날 이때까지 고생만 하시며 살아온 것밖에 없습니다. 저희 어머니를 살려주십시오. 오래도록 자식 효도 받으면서 살게 해주십시오.'

그러나 날씨가 더워지면서 어머니는 반년 뒤 찾아올 운명을 예감이라도 한 듯 약해지셨다.

한번은 어머니 혼자 한의원에 다녀오셨다. 그런데 한의사가 맥을 짚어보고는 약도 안 지어주었다며 당신이 아마 병에 걸려도 큰 병에 걸린 것 같다고 탄식하셨다.

"애. 내가 나을 병이 아닌가 보다. 자궁암인가 봐."

"지금 못 고치는 병이 어디 있어요? 의학이 얼마나 발달했는데…. 할머니는 여든이신데 아직 정정하시잖아요."

그 이튿날, 어머니는 아침 일찍 나를 불러 말씀하셨다.

"아들딸 시집, 장가가는 것 보고 오래 살고 싶지만 사람의 명이라고 하는 것은 어쩔 수 없는 것 아니냐?"

약하게 마음먹지 말라고 호소하듯 이야기하셨다. 그리고 그간 빚진 돈은 얼마며, 누구누구에게 빚을 졌는지, 또 받을 돈도 조금 있으니 너희에게 빚을 물려주는 것은 아니라고 말씀하셨다. 나는 그것이 마치 유언처럼 들려 눈물을 왈칵 쏟으며 오열했다. 그러나 어머니는 엄하게 꾸짖으시며 힘 있게 말씀하셨다.

"어려서 고아가 된 사람도 많다. 그러니 남자는 꿋꿋하게 살아야 한다."

그 당시 나는 틈틈이 어머니 목소리를 녹음하곤 했는데, 그날도 무심코 누른 카세트기에 어머니의 유언 같은 이야기가 나의 목소리와 함께 고스란히 녹음되었다. 나는 어머니가 그리울 때면 녹음테이프를 듣는다. 어머니 음성을 들을 때마다 눈물이 나 자주 들을 수는 없지만, 유일하게 남겨진 어머니의 목소리를 소중히 간직하고 있다.

여름 내내 약해져 있던 어머니는 찬바람이 불기 시작하면서 기력을 회복하셨고, 살아야겠다는 의지도 확고해지신 듯했다. 나도 덩달아 신이 나 어머니를 업고 안수기도도 다니고 조금씩 DJ 일도 시작했다. 그리고 어쩌다 한 번씩 기회가 닿는 대로 방송 출연도 했다.

그러나 해가 바뀌는 79년 첫날, 어머니는 홀연히 떠나버리셨다. 어머니가 세상을 뜨자 혼자 남아계시던 아버지도 그 이듬해 고혈압으로 갑작스럽게 세상을 뜨고 말았다. 주변에선 혼자 살면 자식들에게 대접을 못 받을까 봐 어머니가 데려가신다고 말했다. 어머니도 떠나시고 내가 그렇게 원망했던 아버지마저 1980년 1월 15일 고혈압으로 세상을 떠나 주변에 어른이라곤 한 분도 계시지 않게 되었다.

부모님을 보내드리고 본격적인 방송 데뷔를 했다. 라디오로 시작했지만 이후 TV에도 출연하게 되었다. 차도 사고, 집도 사고, 어머니의 교육열에 보답해드리듯 대학도 가고, 사내아이 둘을 낳고 유학도 갔다 왔다. 이렇게 내가 부모님 산소 앞에서 한 약속을 지켰지만 날이 갈수록 아쉬운 건 차 뒷좌석에 부모님을 태워드리지 못했다는 것이다. 백미러에 비친 뒷좌석의 빈 자리… 그 자리에 부모님을 단 한 번만이라도 모실 수 있다면…. 자식이 모는 차를 타고 기뻐하실 어머니를 한 번만 뵐 수 있다면…. 어머니가 단 하루라도 왔다 가실 순 없을까? 그런 기적은 일어날 수 없는가? 평생을 두고 생각을 해보게 된다.

부모가 되어 애들이 커가는 것을 보면서 어머니를 생각하고, 나이가 들면서 어머니를 생각한다. 돌아가신 어머니 생각은 유효기간이 없다. 이제는 잊힐 만도 한데 그러지 못하니 아마 내가 이 세상을 다 하는 그날까지 어쩔 수 없는가 보다.

세월이 갈수록 점점 더 보고 싶을 것만 같은 어머니.

어머니, 참으로 그리운 이름.

어머니!

녹음테이프에 어머니가 직접 부른 〈충청도 아줌마〉를 담을 수 있었다. 돌아가신 지 벌써 30년이 넘었지만 나는 오늘도 그립고 보고 싶은 어머니를 어머니가 직접 부른 노래 속에서 만난다.

서울이고 부산이고 갈 곳은 많지마는
구수한 사투리가 너무도 정답구나.
눈물을 흘리면서 밤을 새운 사람아.
과거를 털어놓고 털어놓고
새로운 아침 길을 걸어가 보자.

묻어두었던 편지

보고 시픈 아들에게.

홍열아 네 편지는 만이 반꼬도 궁금 할줄 알면서도 소식을 전하지 못해 안되구나. 역이 식구들는 다무사이 지내고다 걱정하지마라. 엄마가 너한테 한본 단여오까 해는데 집에 하도 복짱 한일이 만아 못가고 마라다. 이사와서 금방편지 한다고 한거시 느저 저꾸나 보고시픈 생각하면 금방이라도 달여 가고싶다만, 홍열아 너이친구들는 열달리면 집에 단네가는데 너는 일녀이 넘어는데도 집에못오야 언제쯤올예정이야 이집는 방이 두 개고 북억에 수도가 이서서 이미 덜든다. 이집는 칠십만원주고 와따다. 그을누라고 엄마가 좀 고통을 당해다. 그러나 네가 이끼에 참꼬 제대할날만 기다린다.엄마가 너한테 가지못한 대신 집에오면 맛인는거 만이해주마. 촉각 김치 동치이 쪼금 해다. 누나는 청진동 할머니하고 매혁하고 자고 들올라고해서 요새든러 가다. 그돈는 엄마생가에는 나올거 가찌아타. 집에 올때까지 추는 날시에 건강하게 잇따오너라. 할마는 만아도 그을 모늘니 답답, 호자가 따로인니 부모거쩡

170

안시키 하다는 아를이 호자다.

다른 사람은 마치 암호를 풀듯이 읽어야 하는 이 글을 나는 단숨에 읽어 내려간다. 41년 전인 1976년 초. 군대에 있는 아들을 생각하며 배운 적 없는 맞춤법을 더듬어 어렵고 힘겹게 쓰신 어머니의 글이기에 나는 이 편지를 정말 소중하게 간직하고 있다.

'어머니'라는 단어를 듣고 가슴이 뭉클해지지 않는 사람이 어디 있겠는가. 어머니도 당신의 어머니 생각에 가끔은 우셨을 것이다. 그리워하셨을 것이다. 특히 나의 어머니는 일생 고생만 하시다가 젊은 나이에 돌아가셨기에 애절함은 더 크다.

세상에 감동을 주는 글들은 수없이 많지만 나는 이 편지가 세상에서 가장 감동적이다. 어머니께서 이 편지 한 통을 쓰는 데 얼마나 많은 시간을 할애하셨을지 상상조차 되지 않는다. 나는 이 편지를 매우 소중하게 간직하고 있다. 그리고 지금, 또 한 번의 답장을 드리고 싶다.

어머니.
"너 공부 다 끝나면 나 노인 대학에 보내다오. 꼭 글을 배우고 싶구나."
저에게 이런 말씀하신 것 기억나시죠? 어려서는 가난하고 형제 많은 집에 태어나 다른 집에 수양딸로 가셨고, 어머니의 삶 속에서 가난이 떠나지 않으셨기에 국민학교를 다녀보지도 못한 어머니는 평소에 글을 배우고 싶어 하시며 저에게 그렇게 입버릇처럼 말씀하셨죠? 그래서 자식에 대한 교육열이 남다르셨던 것이지요? 부모가 못 배웠으니, 자식들은 고등학교는 마치게 해줘야 한다며 어려서 어깨너머로 배우신 삯바느질로 우리 삼남매를 공부시키셨지요? 저는 어머니를 노인대학에 못 보내드린 것이 한이 되었습니다.

어머니.
여덟 살 연상의 남편을 만났지만 결혼 후에도 여전히 가난했고 평생을 가난 속에서만 사시다가 가시지 않으셨습니까? 생활고에 많이 우시기는 했지만, 그 사이에 언제나 웃음을 잃지 않으려고 노력하셨죠? 유머감각도 뛰어나셨고. 저는 아버지, 어머니의 유전자를 물려받아 이렇게 개그맨으로 오랫동안 많은 분들에게 과분한 사랑을 받고 있습니다.

어머니.
이제 나이도 들고 했으니 그만 그리울 법합니다. 이제 나이도 들고 했으니 그만 눈시울 적실 만합니다. 정말 이제는 그만할 만도 한데 나이가 이렇게 먹어도 어머니에 대한 그리움이 가시질 않으니, 어쩌면 좋습니까? 제가 정상이 아니지요?

어머니.

그러고 보니 저 그동안 어머니께 자랑할 게 많습니다. 여동생 시집보
낸 일, 아내 만나 결혼한 일, 늦은 나이에 대학 들어가 졸업한 일, 일본
과 미국을 다녀온 일, 제 이름이 걸린 토크쇼를 해낸 일, 학교에서 겸
임교수로서 학생들을 지도했던 일 등등 자랑할 것투성입니다. 다 받아
주실 거죠?

어머니.

한편으로는 원망스럽습니다. 적어도 자식들 장가보내고 손자는 한번
안아보시고 가셔야 되는 거 아닙니까? 이제 손자들 다 컸습니
다. 큰애가 스물아홉 살, 작은애가 스물일곱 살입니다. 키는 크게 키웠
습니다. 영어는 확실하게 안겨 주었습니다. 우리가 부모의 사랑을 늦
게 깨닫듯이 아이들도 나중에는 알게 되겠지요?

어머니.

단 하루만이라도 다시 만나고픈 어머니. 하늘나라에서도 자식들 잘되
라고 기도해주시는 어머니. 어머니, 사랑합니다. 뵙고 싶습니다. 이제
뵐 수 있는 그날이, 그리 많이 남아있지 않다고 생각합니다. 더욱 떳떳
하게 뵙기 위해, 그날을 위해 열심히 살고, 좋은 일도 많이 하고 자랑
할 일도 많이 만들어 갖고 가겠습니다.

어머니. 자랑스러운 나의 어머니.

세상의 그 어떤 시보다도, 그 어떤 훌륭한 글보다도 저는 어머니의 편지를 읽고 감동합니다. 오래되어 빛이 바래버렸지만, 그 편지에는 어머니의 소리가 들어있습니다. 읽어 내려가면 다정하고 인자하신 어머니의 목소리가 가까이서 잡힐 듯이 잡힐 듯이 들려오는 듯하네요.

"어머니는 돌아가셔도 자식을 위해 기도하시는 분.

사랑합니다, 어머니."

1976년 군대에 있는 나에게 보내준 어머니의 편지.

표범의 얼룩무늬는
바뀌지 않는다

"사용 후 다음 사람을 위하여 종이 수건으로 세면대를 닦아주세요."

요거 참 마음에 든다. 비행기 안의 화장실에 가면 이런 문구가 쓰여있다. 사실 뭐 그렇게 어려운 일은 아니다. 손을 씻든 얼굴을 닦든 사용한 휴지로 지저분해진 주위를 닦자는 것이다. 어차피 휴지통에 넣을 휴지라면 더러워진 세면대를 닦은 다음 휴지통에 넣어달라는 의미다. 나도 앞사람 덕분에 기분 좋게 사용했으니, 다음 사람을 위해서 자리를 정돈하는 것은 당연한 것이 아닌가.

아내가 사용하고 난 뒤 세면대에서, 나는 아내에게 소리쳤다.
"이거 뭐야! 세면대 주위가 너무 지저분하잖아."
아내는 아주 덤덤하게 대답했다.
"아. 그랬구나."
성의 없는 대답에 나는 슬슬 열이 올랐다.

"으으응? 이거 봐, 이거 봐. 여기 머리카락도 있잖아? 어휴. 그렇게 어려운 거 아니잖아. 이봐, 우리가 비행기를 타면 거기 쓰여있는 글씨가 '다음 사람을 위하여….'"

아내는 내가 말을 이을 새도 없이 바로 잘라 버렸다.

"좀 편하게 살자~ 응?"

"AC…."

부부를 대상으로 앙케트 조사를 굳이 해보지 않아도 아마 부부는 거의 다른 성격의 남녀가 만나서 살아가는 것이 아닐까 싶다. 연애할 때는 뭐가 씐다더니 서로가 씌어도 단단히 씐 거였다. 나도 이렇게 성격이 다른 아내를 만나서 30여 년씩이나 살 거라고는 꿈에도 몰랐으니까.

아내는 연애할 때만 해도 조용하고 차분하고 얌전하고 다소곳하고 어른스러워 보였으며, 천사였다. 천사의 성격이 어떻더라? 그 당시 아내의 성격을 분석해보면 나올 것이다. 그야말로 성숙한 여인의 향기가 물씬 나는 여자였으니까.

결혼하고 나서 신혼 때까지는 잘 몰랐다. 그저 날이면 날마다 좋았다. 그러나 아내의 성격이 나와는 전혀 다르다는 것을 알게 되기까지는 그렇게 많은 시간이 들지 않았다. 한 해, 두 해 지나면서 두드러지게 마음에 안 드는 아내의 성격과 부딪치기 시작했다.

그러면서 나와 살다보면 아내의 성격이 좀 바뀔까 기대도 했고,

내가 살아가기 편하게 확 바꾸어 놓아야 한다고까지 생각했다. 그러나 그것은 어림 반 푼어치도 없는 일이었다. 화도 많이 냈지만, 결국 바뀌는 것은 전혀 없었다. 아내가 나를 이해하고 나도 아내를 이해하는 것이 가장 행복한 삶이라는 걸 알게 되기까지는 정말 많은 시간이 걸렸다.

처음에는 꼼꼼한 내 성격이 너무나도 싫었다. 쪼잔한 것 같기도 하고 왠지 남자답지 못한 것 같기도 해서 내 성격이 아닌 것처럼 이야기하기도 했다. 그러나 점차 그런 성격들이 꼼꼼함과 맞물려 성실함으로 인정받고 방송에서도 부각되자, 내 성격에 자신감을 갖게 되었다. 그런데 거기까지만 했으면 좋았는데 그때부터 내 성격이 자기중심적으로 변하면서, 나와 다른 성격들이 이해가 안 되기 시작했다.

첫 번째 타깃은 아내였다.

아내는 나와는 확실히 다른 성격을 갖고 있었다. 결혼 생활이 시작되면서 내가 상상할 수 없는 새로운 성격들이 스멀스멀 올라오기 시작했다. 너그러운 성격에 포용력도 많고 침착한 아내였지만 고집이 셌다. 개성과 자기주장이 강한 만큼 융통성이 떨어졌고 매사에 흔들림이 없었지만 낯가림이 있었다.

다른 것은 차치하고 우선 제일 먼저 걸리는 것은 무엇보다도 지독한 낙천성이었다. 결혼 전에는 죽어도 자기 발은 신랑에게 안 보여준다고 했던 여자였다. 놀랐다. 나중에 그 발 보고 이해가 갔다. 그런데 그 발? 안 보여 주기는커녕 결혼하고 나서는 발을 내 배 위에 올려놓고 잔다.

그 털털한 성격은 다투고 난 후 더욱 빛을 발했다. 나는 이튿날 일어나서 어제 싸웠던 생각에 우울 모드인데, 아내는 콧노래를 부르면서 부엌으로 간다. 그 이야기에 본인은 "난들 왜 감정이 안 남아있겠느냐"고 했지만 내가 보기에는 전혀 그런 것 같지 않았다.

어느 정도로 낙천적인지 대표할 만한 예가 또 하나 있다. 아내와 연애할 때, 아내의 혈액형을 물어본 적이 있었다. 아내는 그 당시, 틀림없이 자기가 A형이라고 했다. 나는 결혼하고 나서도 한참을 A형끼리 만난 줄 알고 있었다.

결혼한 지 넉 달 만에 첫 아이를 갖고 산부인과를 찾았다. 산부인과에 가면 제일 먼저 혈액검사를 한다. 나는 아내가 혈액검사실에서 나오면서 한 말을 어제 일처럼 또렷하게 기억하고 있다. 무려 29년이란 세월이 흘렀지만 말이다. 아내는 검사실 앞에서 꽤 큰 소리로 나에게 말했다.

"자기야, 나 O형으로 바뀌었대!"

아마 그때 아내가 나를 웃기려고 한 것은 아니었을 것이다. 하기야 우리 국민학교 다닐 때, 혈액검사를 하고 나면 워낙 열악한 환경 탓에 친구 것과 내 것이 뒤바뀌는 사태가 많이 있긴 있었다. 또 채변 봉투가 뒤바뀌거나 채변 봉투를 깜빡 잊고 안 갖고 온 놈은 선생님한테 야단맞을까 봐 친구 변을 나누어서 내기도 해, 회충 없는 놈이 회충약을 받아먹기까지 했던 시대였으니까.

그러나 내가 이야기하고 싶은 것은 그저 스물일곱 살까지 자기 혈액형을 A형으로 알고 있던 사람이 O형임을 새롭게 알고 나서 그것에 대해 조금의 실망감, 허탈감 뭐 이런 게 없었다는 것이다. 그저 "때가 되면 피가 한 번씩 바뀌나 보다" 하는 듯한 표정이었다.

마음에 안 드는 게 그뿐만이 아니었다. 아내는 뭘 자주 잊어버렸다.

"어머, 저런. 어머, 그랬구나."

"어머, 내 정신 좀 보게나."

"어머어머."

하도 많이 들었던 소리들이라 외웠다.

잠시 미국 생활을 할 때였다. 외출 나갔다가 뭔가 하나 잊어버려서 다시 집 안으로 들어온 일이 있었다. 그런데 아내가 가스레인지 위에 뭘 올려놓은 것을 잊어버리고 나간 것이었다. 그새 냄비가 다 졸았다. 난 한동안 멍했다. 만약 하루 종일 볼일을 보다가 들어왔더라면… 아, 생각만 해도 끔찍했다. 다 불탔다. 타운하우스니 좀 잘 타겠는가. 아마 완전히 다 탔을 것이다.

또 없었나? 있다. 고지서를 제날짜에 안 냈다. 나는 정말 고지서 날짜 밀리는 게 너무 싫었다. 내가 돈이 없으면 모를까 그런 것도 반드시 지켜야 할 신용이다. 살아가면서 신용이 얼마나 중요한가. 그런데 그걸 잊어버려 날짜를 꼭 넘기는 데 그게 말이 되는가. 참 많이도 화가 나고 화가 나다 못해 스스로 얼마나 삐치고 그랬는지 모른다.

아내는 그렇다 치자. 우리 둘 사이에 태어난 두 아들을 어떨까?

우선 큰놈! 큰아이의 성격이 참 마음에 안 들었다. 나를 닮았다. 급하고 낯가리고 겁 많고 숫기 없고, 심지어 오줌 늦게 가리는 것까지 나를 닮았었다. 아들이 아버지 닮는 것은 당연하다. 그런데 내가 싫어하는 것까지 나를 닮으니까 그게 싫었다.

우선 야행성이었다. 그게 나하고 너무 많이 닮았다. 야행성은 키 크는데 지장이 있다. 키는 밤 10시부터 새벽 2시 사이에 제일 많이 큰다고 하는데 무슨 놈의 아이가 밤이 깊도록 잠잘 생각을 안 하니 그게 걱정이었다.

아이들 잘되라고 하는 마음만 급해 내 마음에 안 드는 행동에 대해서 참으로 야단도 많이 쳤다. 하도 야단치니까 아이가 방 안에서 울먹이며 들고 있던 가위를 들고 분하다는 듯이 "아빠는 야단만 쳐…"라고 말해 충격을 받았던 기억이 있다.

큰아이의 고등학교 3학년 시절이었다. 늦잠을 잔 큰 녀석은 학교는 빨리 가야 하겠고 하니 엄마에게 협조를 구했다. 승용차로 바래다 달라는 이야기였다. 근데 이런 게 나하고 안 맞는 시추에이션이었다.

아무튼 아내는 큰아이를 태우고 학교 뒷문으로 갔다. 왜 뒷문으로 갔을까? 앞문에서는 두발검사를 하기 때문이었다. 뒷문에 도착한 아내는 아이를 보내고 잘 들어가나 보고 있었다고 했다. 그런데 아무도 없는 줄 알았던 그곳에 교감 선생님이 계셨던 것이다. 큰놈은 교감 선생님을 발견하고 죽자 사자 도망가고, 교감 선생님은 "저놈 잡아라!" 하고 쫓아가는 진풍경이 벌어졌다. 아내는 또렷하게 그 모습을 바라보다가 돌아왔다고 말했다. 아내가 그 이야기를 나한테 하는데 나는 복장이 터졌다.

'왜 그럴까? 누굴 닮아 저럴까? 조금 있으면 졸업인데 그걸 못 참고 왜 저럴까?'

아내에게 물어봤다. 기분이 어떠냐고. 가슴 아프지 않느냐고.

"네, 너무 가슴 아팠어요. 너무 속상했어요. 내 자식이 다니는 학교에서 교감 선생님이 내 자식을 추적하고 우리 아이는 잡히지 않으려고 도망가고. 이거 어디 되겠어요? 흑흑흑. 제가 자식을 잘못 키웠어요…. 재혁 아빠, 미안해요…."

이렇게 이야기해야 옳다고 생각했다. 그러나 아내의 대답은 달랐다.

"호호호, 난 웃겼어요. 지도 한번 당해봐야 하는 거 아니에요? 가슴이 아프긴요. 근데 왜요?"

작은아이의 성격도 참 마음에 안 들었다. 난 빠릿빠릿한 것을 좋아한다. 착 하면 척 하는 스타일이 좋다. 그렇지 않은 스타일은 무조건 이해가 안 갔다. 그런 사람은 상대하기가 싫었다. 그런데 내 아들

1987년 경기도 하성 친척집에서.

이 그럴 줄이야.

작은아이는 일단 느렸다. 뭐든 느렸다. 굼뜬 것을 용서하지 않는 나로서는 있을 수 없는 일이었다. 밤에 너무 일찍 잠자리에 드는 것도 마음에 안 들었다. 한 놈은 너무 늦게 자고 한 놈은 너무 일찍 잤다. 8시부터 졸기 시작하는 게 말이 되는가. 나는 초등학생인 어린 둘째를 앞에 놓고 야단을 쳤다.

"야, 넌 이다음에 너 어린 시절에 어땠느냐고 누가 물었을 때 가족끼리 오순도순 이런저런 이야기를 나누며 이런저런 놀이를 하며 즐겼다, 라고 이야기해야 하는데, 너는 잠자느라고 무슨 이야기가 남아 있겠냐, 이놈아."

작은 녀석은 당연히 아침에는 일찍 일어났다. 일찍 잤으니 일찍 일어나서 어제저녁에 못한 것들을 아침의 맑은 정신으로 해야 하는 것이 옳은 것이 아닌가. 그런데 그 녀석은 아침 일찍 일어나서 벽을 보고 있었다. 혹시 뭔가 이유가 있을 것 같아서 물어봤다가 또 복장이 터졌다.

"그냥 보고 있는 거야."

아아, 속이 엄청 탔다.

속 터진 거라면 잊을 수 없는 옛날의 그때 그 일, 아이 엄마가 속 터진 적이 있었다. 초등학교 다닐 때, 학교에 너무 늦었으니 빨리 가라고 밖에 내보내고 나서, 잘 가고 있나 아파트 12층에서 내려다보고 있었다고 한다. 뛰지는 않을지언정 적어도 빠른 걸음으로 갈 줄 알았을 것이다. 그런데 꽃밭 옆을 지나며, 손으로 꽃들을 일일이 한 번씩 다 만지면서 꽃들하고 대화하듯이 가고 있지 않은가. 엄청나게 답답했다고 했다. 그런데 나는 아내가 속이 탄다는 게 이상했다. 내가 보기에는 그 엄마에 그 아들, 비슷했다.

미국에서 생활할 때, 한번은 초등학생인 아이들을 데리고 뷔페에서 식사를 했다. 그런데 작은 녀석이 갑자기 안 보이기에 이상하다 생각하면서도 어디 갔겠나 싶어서 우리끼리 그냥 먹고 있었다. 그런데 식사가 거의 끝나갈 무렵, 한참 만에 식기를 들고 나타난 막내는 태연하게 우리를 보고 이야기했다.

"어? 여기들 있었어?"

그때까지 다른 테이블에서 먹고 있었던 것이다. 밥 먹을 때 주위를 보면 알 터인데, 그리고 같이 먹던 사람들도 그렇지, 모르는 사람이 자기네 자리에서 식사를 하면 좀 일러 주던가. 나 원, 참. 아무튼 나는 이런 성격들이 도무지 이해가 가지 않는다는 것이다.

세상에 어쩌면 한 지붕 아래 있는 4명의 식구들이 다 제각각의 성격을 갖고 있을까. 처음에 나는 이런 성격들을 하나하나 잡아야겠다고 생각했다. 모두 내 성격에 맞춰서 살아야 한다고.

"남자는 선장이다. 나를 따르라. 나를 따라야 집안이 행복할 수 있으며 집안이 잘된다. 성격? 무조건 고치고 살아야 한다. 안 돼? 그게 왜 안 돼? 안 되는 게 어디 있나? 다 자기 할 나름이다."

나 나름대로의 억지 논리를 가지고 휘둘렀다. 그러나 그 성격들은 절대로 못 고친다는 것을 알게 되기까지는 정말 오래 걸렸다. 내가 고치려고 하면 할수록 나는 더 광분하고 화를 내는 가장이 되었다. 가족 모두가 힘들었다. 시간이 지나면서 나는 내 마음과 가족들의 마음이 편하려면 어떻게 해야 하는지, 점점 스스로 터득하게 되었다.

아내와 함께 살아가면서, 그리고 아이들을 키우면서 알게 된 사실이 있다. 우리가 낳은 아들이지만 태어날 때 몸에 붙여서 갖고 나온 성격들은 인정해주어야만 한다는 것이다. 애들에게는 인정해주는 것이 기본이고, 아내의 성격은 인정을 떠나 그저 모든 것을 내가 100퍼센트 맞추며 살아갈 수 있을 정도의 세월이 흘렀다. 정말로 누가 이런 이야기를 했는지 기가 막히다.

"표범의 얼룩무늬는
바뀌지 않는다."

표범의 얼룩무늬는
바뀌지 않아도 좋다

아내는 그릇 욕심이 많다. 나는 사치라는 처음 생각과는 다르게 이제는 욕심나는 대로 무리하지 않는 범위 내에서 사 주려고 한다. 그 그릇에 내가 좋아하는 음식을 담아줄 것은 빤한 일 아닌가.

나이 들수록 아내에게 이제는 상을 주고 싶다. 내가 눈치채지 않게 칭찬을 자주 해준다. 자주 잊어버리는 것도 이제는 충분히 이해한다. 그러면 어떤가? 내가 메모를 더 잘하면 되지 않겠는가? 그러고 보니, 미국에서 냄비를 불에 올려놓고 그냥 외출하다가 집이 다 탈 뻔한 사건도 사실 뭔가 잊어버려서 다시 들어갔기 때문에 무마된 것 아니겠는가! 내가 뭔가를 잊어버려서 들어갔을까? 아니면, 아내가 뭘 잊어버려서 가져다주러 들어갔을까? 어쨌든 잊어버렸다 생각났기 때문에 크나큰 화재를 미연에 방지할 수가 있었지 않았던가. 가끔은 잊어버렸다 생각나는 것도 축복이다.

예전에는 느긋한 아내가 답답했는데 이제는 그게 부럽다. 아내의 의연함에 오히려 내가 한풀 꺾인 적도 있다. 미국에 있던 시절 초등학생이던 아이들을 인파 속에서 잃어버린 적이 있다. 나는 얼마나 당황했는지 모른다. 아이들 이름을 부르며 여기저기 인파 속을 헤매며 뛰어다녔다. 난, 그 짧은 순간에도 아이들이 어디론가 잡혀가 새우잡이 배에라도 팔려가면 어쩌나 하는 생각하면서 가슴을 졸였다.

그런데 얄밉게도 아내는 아이들을 잃어버린 그 자리에서 가만히 기다렸다. 한군데서 침착하게 인내를 갖고 아이들을 기다렸던 아내. 이윽고 그 자리로 찾아온 아이들을 발견할 수 있었다. 한군데서 기다려야 한다는 아내의 생각이 맞아떨어진 것이다. 나의 가장 자리, 선장 자리를 다 빼앗긴 것 같은 기분이 잠깐 들긴 했지만 아이들을 찾아서 얼마나 안도의 숨을 쉬었던지…. 그리고 무안해졌다. 나 혼자 당황하여 정신없이 뛰어다녔으니까.

아내는 경리 출신이면서, 재테크에 대한 생각이 너무 없는 듯해서 불만이었다. 아직도 내가 준 생활비로 생활하니 속 편하게 받는 입장이 부럽기도 하다. 도대체 생각이나 있는 것일까? 그러나 사실 아내가 그동안 열심히 해온 재테크 공부 덕분에 최소한 벌어놓은 것은 안 까먹을 것 같다. 그래서 앞으로 노후는 아내에게 기대어도 될 듯싶다. 나이 들어서는 부인 뒤로 간다더니, 그런 말을 밥 먹듯이 이야기하는 인생 선배들 말이 맞는 듯싶다. 서서히 아내를 붙들고 있어야 될 것 같다.

요즘은 아내가 컨디션 기복이 심한 나를 슬쩍 와서 달래준다. 아침마다 활짝 웃으며 "좋은 아침!", "굿~모닝"을 오버하면서 외쳐주는 아내다. 아침형 인간이니 일찍 자고, 일찍 일어나서 환하게 맞아준다.

옛날에는 같이 TV나 영화를 보더라도 먼저 졸거나 잠들어서 불만도 많았건만, 이제는 이해하면서 서로 할 일들을 하니 편하다. 신혼 때 바이오리듬이 맞느니 안 맞느니 불만도 많았지만 야행성, 주행성으로 서로 다르니 오히려 얼마나 고마운가. 나보다 늦게 일어나 대낮까지 퍼질러 자는 아내가 좋은가, 아니면 아침 일찍 일어나 "어이구~ 이제 눈에 주름이 많아서 눈이 안 떠져요? 에구에구, 우리 남편 나이 들어 늙어서 이제 어쩌누" 해주는 아내가 좋은가?

아참, 그러고 보니 공통점도 있다. 낯가림이 조금 심한 편이라는 거다. 그런 건 서로 문제라고 할 것도 없다.

이제는 아이들 성격을 이해하고 나니 그렇게 크게 문제될 게 없다. 그런데 예전에는 왜 그렇게 모든 걸 답답하게만 생각했었을까? 확실히 나는 아이들을 인격체가 아닌 소유물로 생각했던 것 같다.

연예계의 재능이 조금이라도 있었으면 하는 바람도 갖고 있었다. 요즘은 추세가 연예인들이 가족들과 함께 나오는 프로그램이 많다. 그런데 나는 거의 해당 사항이 없다. 아무래도 이제는 내가 나갈 만한 프로그램이 나와 맞지 않는가 보다.

나는 식구들의 TV 출연은 철저히 본인들에게 결정권을 준다. 신혼 초에 멋모르고 TV에 나갔던 아내는 그 불편함을 뼈저리게 느낀지라 그다음부터는 쥐 죽은 듯이 지낸다. 사실 아쉬울 때도 없지 않아 있었다.

한번은 프로그램에 아이와 함께 나왔으면 하는 요구를 하기에 큰아이에게 물었다.

"이번에 너하고 함께 출연했으면 하는 프로그램이 있는데 어떠니?"

"그래요? 나는 그런 게 싫고 불편하지만, 그게 아빠에게 정말 필요하고 정말 크게 도움이 돼? 그러면 할게요."

이렇게까지 이야기하는데 내가 데리고 나가겠는가. 바로 의사존중이다.

"알았다, 알았어. 정말 괜찮다. 없던 것으로 하자꾸나."

여섯을 건너뛰고 숫자를 세었던 큰애, 그래서 엄마가 걱정을 얼마나 하게 했던가. 그런데 지금은 숫자로 먹고사는 직업을 택했다. 경영학과를 나와 금융 쪽에서 일하려고 인턴도 하고 열심히 뛰고 있다. 나와는 정반대의 길이다. 숫자는 나하고 상극이니까. 오히려 그동안 더 많은 칭찬을 하지 못한 게 아쉽다.

어떤 성격을 갖고 태어났던 간에 존중해줬어야 한다. 좋은 습관만을 끊임없이 이야기해줘야 하겠지만 타고난 천성은 정말 어쩔 수 없는 거니까.

성격적으로 편하고 잘할 수 있는 일을 하게 되면 신이 나서 더 잘하게 되고 장점으로 바뀐다. 격려하고 수시로 칭찬을 해야 한다. 내가 아이들의 버릇을 고치려고 해봤자 상처만 준다.

둘째 어린 시절 책상 위에 널브러진 잡동사니들을 보고 화가 난 적이 있었다. 너무 어질러서 책상 위에서 흘러내렸다. 나는 책상 위의 물건들을 팔뚝으로 확 걷어 내 바닥에 뿌렸다. 다시 정리하라고. 그래서 그 뒤로 꼼꼼하게 잘 정리하게 되었을까? 그런 거 안 해도 나이 들면 자기 물건 자기가 다 잘 챙기고 다닌다. 그래도 책상은 정돈되어있는 것이 능률적이긴 하다. 군대에서 총 잃어버릴까 봐 제일 많이 걱정했는데 그런 사건은 없었다.

둘째에게 아직도 미안한 두 가지가 있다.

첫 번째는 학교 다닐 때 둘째가 뮤지컬에 출연했는데 공연 때 찍은 비디오를 집에 와서 틀어놓고 같이 들여다보며 너무 소극적이라며 야단친 것이다. 그게 뭔 짓인가, 애한테. 무조건 잘했다고 격려했어야 옳았다.

두 번째로 미국에서 일요일에 교회 가는데 성경책 안 가져왔다고, 가던 길을 되돌아가면서 많이 야단친 일이다. 가져올 일이면 조용히 되돌아가서 가져왔어도 될 일이었다. 그 밖에 뭐 자꾸 잃어버린다고 야단친 것이 한두 가지가 아니다.

일찍 잠자리에 드는 것도 많이 혼냈었는데, 사실 엄청 칭찬 많이 받아야 한다. 그게 키가 178센티미터까지 커지는 데 한몫했을지도 모를 일이다. 자는 동안 부쩍부쩍 자랐으니까…. 벽 좀 보면 어떤가? 벽이 좋은 벗이 되어 주고 있지 않은가. 나는 심지어 벽 보고 아주 오랫동안 이야기한 적도 있는데 말이다.

뮤지컬에 출연해 쭈뼛쭈뼛한다고 야단맞던 애가, 요즘 DJ믹싱을 배운다고 난리다. 조금은 연예계 쪽의 냄새가 나니 신기한 일이다. 나야 언제나 무엇을 하던지 간에 본인이 원하는 것을 하기 바란다. 뭐든 자기가 좋아하는 것을 하면 그만이다. 나도 DJ 밤일을 한 적 있으니 뭔가 도움의 말을 줄 수도 있겠다 싶다. 장기적으로 보면 살짝 걱정이 되기도 하지만….

속마음을 알아보기 위해 문자를 주고받았다. 어쩌겠는가? 문자에서만은 뭐든 다 이야기를 하는 세대에 태어난 아이들이니.

아빠 : 믹싱은 재미있니?

둘째 : 응, 당연하지. 요즘 그 생각밖에 없는데.

아빠 : 그걸로 직업으로 갈 생각을 하는 것은 아니겠지?

둘째 : 미국 가서 공부랑 음악 병행하면서 2년 마칠 계획이야, 현재
로서는. 너무 즐겁고 재미있어서 하는 거고.

아빠 : 너에게도 나의 피가 조금은 흐르긴 하는가 보다. 언저리 쪽
에서라도 말이야.

둘째 : 그렇다고 모든 DJ가 그렇게 된다는 법은 없다고 봐.

아빠 : 물론이지. 궁극적인 너의 목표를 알고 싶은 거야.

둘째 : 꿈이라면 세계를 돌아다니면서 유럽 톱 DJ들이랑 어깨를 나
란히 하며 대형 페스티벌에서 음악을 트는 거지. 하지만 지
금은 학업에 집중해서 졸업하는 게 우선이고, 디제잉은 계속
즐기면서 열심히 하면 나에게도 좋은 기회가 올 거라는 믿음
으로 열심히 하고 있어.

아빠 : 오호, 그래그래. 좋은 꿈이다. 그런데 왜 그런 이야기를 마주
앉아서는 못하고 이렇게 문자로 할 때 나오는 거야? 이제까
지 그렇게 자세히는 이야기한 적이 없었잖아?

둘째 : 이 얘기 말년 휴가 나왔을 때 다 하긴 했는데 아빠한테 확실
히 전달이 안 됐나 보네. 대충 말한 것도 있었고. 앞으로는
확실하게 말할게.

아빠 : 스스로가 음악적 감각이 있다고 생각하니? 어떠니? 나는 내
가 DJ 출신이기는 하지만 개그 멘트가 위주였고, 우리 시대
음악은 많이 알아도 음악적인 재능이 뛰어나다고 보지는 않
거든. 박자 감각도 없고. 그래서 너에게 하는 이야기야. 음악
적인 재능. 박자 감각이라든가 리듬 감각이라든가. 이런 것
들을 물어보는 거야. 음악적인 감각이 있다고 생각하니?

둘째 : 난 어렸을 때부터 음악을 달고 살았고, 누구보다 많이 들었

다고 생각. 내 선곡을 남들에게 나만의 방식으로 틀어 주고 즐겁게 해 준다는 것은 소름이 돋을 정도로 흥분되는 것 같아. 음악적인 감각은 학원 강사들도 그렇고 어느 정도는 있대. 특히 디제잉에서 제일 중요한 선곡하는 능력.

우리는 서로 다른 성격을 갖고 얼마나 부대끼며 야단치고 티격태격해 왔을까. 그 긴 세월을 말이다. 아내 성격이 이해되었다. 그래야 맞는다. 아이들 성격을 인정하게 되었다. 아이들이 나를 힘들게 하고 화나게 한 것이 아니다. 내가 아이들을 힘들게 했다.

우리 부부는 우리가 원하는 아이보다, 자식들이 원하는 대로 하길 원한다. 지극히 당연한 이야기 아니겠는가. 그러면서도 놓치는 것은 없는가? 아이들은 이미 태어날 때 기쁨을 다 주었다는 어른들 이야기가 있는데 그걸 명심해야겠다.

내 성격, 아내 성격, 큰애 성격, 작은애 성격. 서로 다른 것을 존중하고 노력해야 한다. 왜 그동안 내 성격 말고는 다 싫었을까? 지금은 다 존중한다. 그들이 나를 먼저 존중해 주었듯이….

"표범의 얼룩무늬는

바뀌지 않아도 좋다."

194

1990년 결혼 3주년에.

있지도 않을 상상

표현들도 기가 막히다. 배우자를 만날 확률은 거북이가 태평양 한 가운데서 바다 속에 있다가 잠시 숨을 쉬기 위해 물 위로 올라왔을 때, 마침 태평양을 떠돌던 통나무를 하나 만날 확률하고 똑같다고?

부부가 함께 살아갈 수 있는 것은 결혼해서 서로 나이 들어가는 것을 지켜봤기 때문에 가능하다고 했던가.

결혼 생활 30여 년에 아내도 벌써 오십 중반을 넘어섰다. 엘리베이터를 타고 집에 올라가는데 고개 숙인 정수리에 흰머리가 수북했다.

'이런. 아니 내가 할머니하고 결혼했단 말인가?'

젊어서 아내는 장모님과 서로 마음이 맞지 않는다며 티격태격 다툼도 많았으나, 나이 들어서는 한 번이라도 더 찾아뵈려 하고, 여행한 번이라도 더 모시고 가려고 하는데 그 모습이 흐뭇하다. 그런 나이에 이제 아내의 정수리에는 흰머리가 눈에 띄게 많이 생겼다.

한번은 아내가 염색을 못하고 찾아뵈었더니 장모님께서 기겁을 하셨다는 이야기를 들었다. 흰머리가 나오기 시작한 때가 언제인데….

평소에는 마음 아파하실까 봐 꼭 염색을 하고 찾아뵈었는데, 그날은 아내도 그걸 미처 챙기지 못했다고 했다. 장모님은 고개를 숙여 신발을 찾는 아내의 정수리 흰머리를 보고 기절할 듯이 놀라셨다고 했다.

"아니, 얘. 네가 흰머리가 웬 말이냐? 에구에구, 뭘 먹여야 하지?"

난 혼자서 생각했다.

'아니, 장모님 뭘 그리 놀라십니까? 집사람 나이가 몇인데요. 그거 알고 보면 다들 보통이에요. 제가 상상한 것이지만 아마 우리나라에 염색을 1년만 금지하면 정말 볼 만한 광경이 펼쳐질걸요?'

응접실로 물 마시러 나왔다가 소파에 앉아 책을 보고 있는 아내를 보니 제법 우아했다. 아니, 그런데 돋보기를 걸친 모습은 어릴 적 할머니가 신문을 보고 계시던 모습 그대로였다. 그렇게 한참을 앉았다가 일어날 때면 아내는 어이쿠 하는 가벼운 신음 소리를 냈다.

"왜 그래, 이 사람아. 나이도 어린 사람이."

"한참 앉았다가 일어나면 그래요. 갑자기 일어나기 힘들어요."

가끔은 스물여섯 살, 나에게 시집오던 그 시절 그 모습이 그리워 컴퓨터 바탕 화면에 깔아놓고 이 여자 좀 데려다 달라고 악을 쓰면, 한 손으로 자기 얼굴을 떡하니 받치면서 한다는 소리가 "배부른 소리 좀 하지 마세요. 여기 있잖아요"라고 말한다.

이제는 여간해서는 싸울 일이 없다. 싸우려다 상대방이 참는 것이 보이고, 내가 참는 것도 느껴진다. 언제부터인가 확실히 그렇다. 그 정도 지나니 이제는 옆에 있어주는 것이 막 고맙기 시작한다.

어떻게 우리는 이렇게 기가 막힌 만남을 통해 부부의 연을 맺어 30여 년의 세월을 보내고, 아들 둘을 낳고 다 키웠을까? 우리가 서로 못 만났으면 우린 어떻게 되었을까? 나는 누구를 만나 결혼했을까? 결혼을 하긴 했을까? 아내는 나를 만날 즈음 선을 보기 시작했는데, 내가 확실히 알고 있는 것은 장모님이 미국에서 페인트 사업한다는 사람과 선을 보게 하려던 참이었다는 거다. 그 사람과 선을 봐 미국으로 갔다면 어떻게 되었을까? 나는 가끔 아내에게 상황극으로 놀린다.

때는 바야흐로 80년대 중후반. 나는 미국 공연을 갔다. 지금은 워낙 인터넷이 발달되어 국내와 상관없이 실시간 공연도 지켜보고 궁금한 문제들은 다 알게 되지만, 그때까지는 한국에서 온 연예인들을 신기하고 반갑게 바라보는 시절이었다. 그 시절에는 미국에서 만나는 한국 사람은 무조건 반갑고, 동양인을 보면 다가가 "한국 사람이세요?"라고 물었다. 그러고는 서로 어디 사느냐, 묻는 것 자체로 웃음꽃을 피우던 시절이다.

그날은 공연을 마치고 LA 부근을 거닐었다. 깨끗하게 단장된 집

앞 잔디들, 그리고 대부분의 집들이 그렇듯이 하얀 벽들이 눈에 많이 띄었다. 마침 어느 집 앞을 지나니 새로 담장을 쌓았는지 아니면 수리를 했는지 하얀 페인트를 칠하는 사람들이 보였다. 멀리서 봐도 동양인 같았다. 나는 반가운 마음에 지나가면서 일하는 사람들을 지켜보았다. 만약 한국 사람이라면 반갑게 얼굴을 마주보면서 인사라도 나눌 요량이었다.

한 아주머니가 머리에 흰 수건을 쓰고 남편을 거들면서 담장에 열심히 칠을 하고 있는데, 일하는 모습이 왠지 낯익었다. 당시 웬만한 사람은 다 좋아하던 인기 개그맨 이홍렬인지라 너도나도 수군거렸다. 그러던 와중에 머리에 흰 수건을 쓴 아주머니가 떠드는 쪽으로 고개를 돌렸다.

"아니, 인규⋯."

"어머, 홍렬 씨."

"미국에 시집갔다더니, 여기 있었구나."

"아, 네⋯."

"저런 저런. 얼굴에 하얀 칠이 묻어있는데⋯."

나의 1인 2역에 아내는 깔깔대며 웃는다. 자주 하는 레퍼토리인데도 번번이 웃으며 "왜 있지도 않은 일을 상상하느냐"고 핀잔을 주지만 아내는 유쾌하게 듣는다. 결론은 항상 똑같다.

"나한테 시집오길 잘했지, 응응?"

자만심에 건방을 떨어본다.

부부는 만나서 서로 아무것도 안 해도 만남 그 자체로 일이 잘 풀리는 경우도 있고, 그렇지 못한 경우도 있다. 그래서 부부의 궁합이 중요하다고 하는 모양이다. 우리 부부는 함께하는 것 자체로 좋았던 것 같다.

인터넷에 연예인 사주풀이가 몇몇 돌아다니는데 우연히 나의 것을 발견했다. 한번 살펴봤다. 공개적으로 풀어준 것이니 부담 없이 읽었다. 눈에 띄는데 어쩔 수 없지 않은가. 좋은 말들이 많이 있기를 은근히 바라면서 읽어본 몇 개의 글 가운데 정말 마음에 드는 풀이를 발견했다.

"나는 산이요, 어떤 산인가? 내 마실 물은 이미 충분하니, 목마른 이들의 갈증을 채워주리라. 그것이 바로 이홍렬 씨다."

와우, 누구인가. 이렇게 기분 좋게 내 사주를 풀어준 사람이. 세상에 이렇게 좋은 사주가…. 나는 갈증이 해결되었다는 이야기였다. 이제는 안심하고 다른 사람들 갈증을 채워 주라는 이야기이기도 했다. 이 아니 행복한가. 내 걱정을 할 게 없다.

아내는 이 이야기를 할 때마다 한마디 더 거든다.

"당신의 곳간은 마를 날이 없는데요."

1988년 설악산 여행 중에.

우쭐해져서 대답했다.

"거 봐. 나한테 시집오길 잘했지?"

"난 누구한테 시집가든지 다 잘되게 되어있어요."

돌이켜 보면 아내는 나한테 시집와서 번개같이 지나간 30여 년 동안 내 뒷바라지에 고생이 많았다. 물론 물질적인 고생보다 성격 때문에 많이 힘들었다. 내가 어디 보통 성격인가.

"당신 성격 맞출 수 있는 여자는 대한민국에서 나 하나예요."

모든 부인들의 고정 레퍼토리이긴 하지만 맞는 말이다. 대한민국에 내 성격을 맞출 수 있는 여자는 흔치 않다. 아마 사흘을 못 살고 내뺄지도 모른다. 그래서 그 말도 싫지 않다. 각별하고 별난 내 성격 맞추며 사느라고 힘 좀 들었을 것이다.

그런데 혹시나 하는 상상이 계속 꼬리를 문다. 그날 찾아가지 않았더라면 어떻게 되었을까? 우리가 1년 만나 헤어지고, 7년 떨어져 있을 때 내가 다시 찾아가지 않았으면 어찌 되었을꼬?

79년, 중앙일보에 실습 나온 서울여상 3학년 박인규. 신인 개그맨 시절, 출연료로 받은 바우처를 현찰로 바꾸기 위해 찾아간 경리과에서 단발머리 여학생을 발견했다. 나는 접근을 시도했으나 계속 불발되었고 닿을 방법이 없었다. 그런데 우연히 혼자 간 덕수궁 안에서 친구와 온 그녀를 만나 사진을 찍어주게 되었고, 그 인연을 이어 데이트를 시작했다. 그러나 고등학교를 갓 졸업한 친구가 이제 막 제대한 아저씨에게 마음을 확 하고 줄 리가 있겠는가. 그녀는 나를 정리하려고 마음을 굳힌 듯했다. 그리고 계속해서 만나지 말자고 부담스러움을 표현했다.

여기 방송국 통폐합의 피해자가 또 한 사람 있다. 방송국 통폐합으로 결국 TBC는 여의도에 있는 KBS로 흡수되고, 그녀는 중앙일보사가 있는 서소문에 남아있게 되었다. 나는 그녀와 얼굴을 볼 기회도 없이 점점 멀어졌다. 그렇게 7년이라는 세월을 그냥 흘려보내게 되었다. 안정을 찾지 못한 나는, 머릿속에 남아있는 그녀를 마지막으로 다시 한 번 만나고 확실하게 정리하고 싶었다.

86년 다시 찾아간 서소문 중앙일보사에는 아직도 나를 기다리고(?) 있는 그녀가 있었다. 시집갔으면 그 자리에 없었을 그녀였으니, 먼저 아는 작가를 통해 근무하고 있는지 확인하고 만나러 갔다.

나는 실망할 것이 있으면 빨리 실망하고 미련을 싹 떨쳐버리고 싶었다. "이런 젠장. 내가 너를 못 잊어 이제까지 7년을 보냈나. 쳇!" 하고 나서 다시 내 갈 길을 미련 없이 가려 했던 것이다.

그러나 그녀를 만난 후 내 손의 떨림은 이미 휴대전화의 진동을 능가하고 있었다. 아직 이렇다 할 남자가 없다는 것을 확인한 이상, 이제는 스물여섯 살과 서른세 살 남녀로서 만나고 싶었다.

점차 만남의 횟수가 잦아지면서 큰 장애 없이 7년 전의 분위기를 자연스럽게 이어갈 수 있었다. 처음 만난 사이가 아니었기에 연애의 진행 속도에도 불이 붙었다. 그렇게 다시 만나 이듬해인 87년 6월 29일 약혼식을 했고, 그해 9월 26일 지금은 없어진 새아씨예식장에서 결혼식을 올렸다.

얼마 전 나는 30여 장의 소중한 사진을 꺼냈다. 우리 부부는 해마다 결혼기념일이면 사진을 찍는데, 한 장씩 한 장씩 사진이 늘어날 때마다 아이들의 커가는 모습과 우리들의 나이 듦이 사진 속에 고스란히 담긴다.

결혼기념일마다 사진을 찍게 되면 특별한 기념일에 요란한 선물 없이도 가족의 화합을 자연스럽게 녹여낼 수 있다. 서로 선물 때문에 고민할 필요도 없다. 그냥 식구끼리 사진 찍고 외식 한 번 하면 된다. 날짜는 꼭 당일이 아니더라도 그 부근에 맞춘다. 사진을 찍을 때면 웃게 된다. 울면서 사진 찍는 사람이 있던가.

이렇게 사진을 찍는 것은 개그맨 초창기에 리포터 역할을 하면서 만난 영화배우 신영균 씨에게 배운 것이다. 많은 주부들이 나를 만났을 때 "이홍렬 씨 덕분에 결혼기념일마다 사진을 찍고 있어요" 하고 감사함을 전해왔듯이, 나도 기회가 닿으면 그분께 지금도 결혼기념일 날 기념 사진을 찍고 계신지 한번 묻고 싶다. 덕분에 나 또한 결혼 생활 잘해왔다고, 감사 인사라도 한번 드리고 싶다.

왜 살면서 티격태격 아웅다웅이 없었겠는가. 왜 살얼음이 없었고 빙판이 없었겠는가. 그러한 세월을 잘 이어가며 여기까지 왔다. 지금까지는 잘 지내왔지만 앞으로 살아갈 날이 더욱 중요하니, 서로의 노력이 더욱 필요하겠다. 노후에 안 좋아지는 부부도 많이 있을 수 있으니까.

나이 들어서도 토라지고, 삐쳐도 다 받아주는 건강한 아내가 곁에 있어주어 고맙고 감사하다. 그 덕분에 내가 늘 나이 상관없이 새로운 일에 열정을 가지고 시도할 수 있지 않겠는가.

"인규야, 그때 왜 자꾸 만나면서 만나지 말자고 한 거야? 결국 이렇게 살걸. 만약에 그때 우리가 7년 동안 헤어지지 않고 바로 결혼했더라면 지금 우리 큰애가 서른 살은 훨씬 넘었을 텐데. 그지, 응?"

자주 하는 이 말에 아내의 대답도 늘 같다.

"있지도 않을 일을 왜 상상을 해요."

"그러나 이야기 속 상상이라도 늘 즐겁다.
그렇게 추억을 이야기하며 살아가는 나이이지 않겠는가."

미웠다가

"자식은 '나의 아이'가 아닙니다. 우리를 통해 오고 우리와 함께 지낸다 해도 우리에게 속한 것이 아닙니다. 사랑을 주되 생각까지 주면 안 되는 거예요. 자식은 이미 어린 시절에 우리에게 기쁨을 다 주었어요. 아이가 스무 살이 지나면 스스로 행동할 수 있게 내버려 두어야 합니다."

이런 이야기들 난 엄청 좋다. 정말 사랑한다. 이제 아이들이 제발 빨리 우리 곁을 떠나갔으면 좋겠다. 우리 부모들은 자식들이 언젠가는 떠나갈 그날이 올 것을 알기 때문에, 순간순간을 참으며 부모의 도리를 하려고 하는 것이다. 스무 살이 되면 빨리 훨훨 떠나가야 한다? 대찬성이다. 아예 법으로 정해서 제발 떼어 놔주었으면 좋겠다.

아들만 둘 키우며 겪은 일들은 정말 삭막하기 이를 데 없으나 이제는 그러려니, 하며 딸 타령하는 것도 지쳐가는 중이다.

보통의 요즘 아이들을 키우는 데 겪는 고충들, 우리도 다를 바 없다. 방학 때면 밤새 깨어있다가 낮 2시에 일어나지를 않나, 학교 보내려고 깨우려면 전쟁이요, 등록해 놓은 학원을 게을러서 슬그머니 빼먹는 것을 내가 알기라도 하면, 그런 꼴을 못 보는 나 때문에 또 한바탕 소동이 일어난다.

큰아이가 집에 컴퓨터 놔두고 피시방에 가서 게임하느라고 정신 없던 시절이 있었다. 한번은 찾으러 갔다가 게임 속에 빠져있는 큰아이를 보고 한숨이 푸욱 하고 나오려는 것을 참고, 멋있게 보이려고 음료수 하나 넣어주고 게임값만 계산해주고 왔다. 오는 동안 나만 멋있었다.

애들이 고등학교 다니던 때였다. 하루는 밤에 집에 들어와 보니, 식탁에 카네이션 한 송이가 놓여있었다. 어버이날 밤이었다. 아마 전날 사 오지 못해 당일 챙겨온 모양이었다. 다음 날이라도 달아 주려고…. 그런데 새벽에 보니 한 송이가 더 얹혀있었다. 한 놈씩 사 오긴 한 모양이었다.

어버이날 식탁에 덩그러니 놓여있는 카네이션 두 송이, 감격스러운가? 아들 둘이 사 온 카네이션이라서? 아니다. 감격스러울 필요 없다. 그냥 그게 끝이었다. 참다못해 며칠 지나서 아이들에게 한마디 했다.

"야, 이놈들아. 어버이날 사 온 카네이션을 달아 주기가 멋쩍으면 그래도 그냥 슬쩍 손에 쥐여 주던가. 아니면 그것도 어색하면 '꽃 사 온 거 보셨지요?'라고 둘 중에 한 녀석이라도 한마디 정도는 해야 하는 것 아니냐? 어버이날이니까 '아나, 먹어라'냐?"

몇 년 뒤 그날 일이 생각나서 아내에게 한마디 했다.

"재혁 엄마. 난, 후회 없이 살아왔다고 자부하고 있는데, 그때처럼 딸이 갖고플 때가 없었어. 적어도 딸은 식탁에 꽃 한 송이를 툭하고 던지지는 않을 것 아니냐. 안 그래?"

"호호호, 맞아요. 아들이 다 그렇지요, 뭐. 그래도 꽃이라도 사 온 게 어디에요. 요즘엔 그나마 식탁에 꽃 그림자도 없네요. 호호호."

그래도 위로받고 있는 것이 하나 있긴 했다. 나와 똑같은 상황을 먼저 겪은 선배들이 한결같이 하는 이야기였다.

"걱정하지 마라! 며느리를 보면 분위기가 나아진다."

그거 하나 은근히 기대하고 싶다. 그런데 과연 그럴까? 기도한다, 나는! 제발 과묵한 며느리만 들어오지 말아 달라고.

살아오면서 처음으로 아들 녀석 때문에 정말 분통이 터진 것은 2013년 추석 연휴 때였다. 그날 그 애는 왜 그랬을까?

추석 연휴에 서울에서 자취 생활을 하는 큰 녀석이 집에 와있었다. 내가 진돗개를 키우고 싶은 욕심에 판교 쪽으로 이사를 왔으니, 군 복무를 마치고 아직 한 학기가 남은 대학 생활을 보내야 하는 녀석의 편의를 위해 방 한 칸을 얻어 주었다. 그런데 아내가 명절에는 집 밥을 해줘야 한다고 추석 연휴를 같이 보내자고 해서 마지못해

온 듯싶다.

아침에 일어나서 아침 인사를 안 하기에 내가 며칠째 먼저 인사를 건넸다. 난 언제나 윗사람도 먼저 인사하자는 주의이기는 하지만, 처음에는 어린 사람이 나에게 먼저 인사할 것을 어느 정도 기대하기는 한다. 부자지간이라는 게 데면데면하기 일쑤인데, 그래도 최소한 인사 한마디는 퉁명스럽게나마 던져야 하는 것 아닌가.

나는 어린 시절 아버지에게 따뜻한 말 한마디 듣지 못했던 기억에 아이들에게 한 번이라도 내가 먼저 살갑게 다가가려고 노력한다.

"잘 잤어?"

나의 말에 아들은 쳐다보지 않고 대답했다.

"응."

속이 그다지 넓지 못한 나는 약간 빈정이 상했다. 하지만 그 마음을 감추고 밥상을 마주했다. 그러고는 나는 잘하지도, 능숙하지도 않은 기도를 했다. 오래되지는 않았지만 식구끼리 모여 앉아 식사라도 할라치면 너무 행복하고 감사해 식사 전에 기도를 한다. 아이들이 어렸을 때부터 하지 않은 것에 대해 늘 약간의 후회가 남아있다. 물론 평소에 크리스천들이 안 모였을 경우에는 각도(각자 기도) 또는 조용히 혼자 속으로 '하나님 잘 먹겠습니다'라며 간단히 기도를 한다. 각자 종교가 있을 수 있으니까, 유난 떨고 싶지 않은 마음에서였다.

그런데 식사 전 기도는 정말 여러모로 좋다. 예전에 우리 어머니들은 식사 준비 뒤치다꺼리하다 보면 대부분 식구들 다 먹은 다음에 식구들이 남긴 식은 밥을 후다닥 드시는 경우가 허다했다. 그러나 지금이야 어디 그런가? 좋아진 시설 탓이기도 하지만 지금 시대에 부엌에서 쪼그리고 앉아 여자들이 식사를 한다는 것이 말이 될 법한 이야기인가. 조금만 기다려주면 식사 준비에 고생한 여자들과 충분히 숟가락을 같이 들 수 있다.

또 식사 전 기도는 아랫사람들이 예의 없이 허겁지겁 먼저 먹는 것도 미연에 방지하며 자연스럽게 먹을 수 있다. 그야말로 음식 식食에, 입 구口, 함께 식사하며 식구食口를 느낄 수 있는 것이다. 그래서 나는 기도한다.

"사랑의 하나님. 연휴에 우리 가족이 계속해서 식사를 함께할 수 있게 해주셔서 정말 감사합니다. 주신 음식 감사히 잘 먹겠습니다. 주 예수님의 이름으로 기도합니다. 아멘."

와우, 짧고 간결하다. 난 식전 기도를 길게 하는 건 딱 질색이다. 식사 전에 길게 장래 희망까지 이야기하는 사람이 있다. 모인 사람 한 명 한 명씩 다 거론하며 거창하게 복을 빌어주는 사람도 있다. 하나님께서도 음식이 식어가는 것을 결코 좋아하지는 않으실 것이다.

짧은 기도 후 몇 숟가락 뜨는데, 큰아이는 그날도 변함없이 밥그릇에 얼굴을 파묻고 말없이 밥만 열심히 푸고 있었다. 추석을 맞아

오랜만에 한집에서 식사하면서라도 이런저런 이야기를 나누고 싶은 마음이 절실했기 때문에 나는 입을 열었다.

"뭐 화나고 기분 나쁜 일이 있는 건 아니니?"

"…"

대답이 없었다. 나는 어떻게든 좋은 분위기 속에 밥을 먹고 싶었다. 그런데 사실 나밖에는 얘기할 사람이 없었다.

"그리고 아침에는 인사 좀 하고 지내자. 오늘 아침도 내가 먼저 인사하지 않았니? 근데, 넌 얼굴도 안 쳐다보고 대답하더구나. 최소한 얼굴은 보고 이야기해야 되는 거 아니니?"

"…"

목소리 톤에 조심했다. 자칫하면 잔소리 또는 야단치는 것으로 바뀔지 모르니까 될 수 있으면 다정스럽게 들리도록 하자고 마음먹고 자제하는 중이었다.

"너, 혹시 졸업을 앞두고 취직 때문에 고민이 되어서 그런 건 아니냐? 야, 사실 취직이야 될 수도 있고 안 될 수도 있는 거 아니니? 넌 항상 최선을 다하는데 뭐가 문제니. 아, 사람이 말야, 열심히 하다가…."

"알았어!"

짧고 간결한 큰아들 재혁이의 한 마디가 밥상 위 허공을 갈랐다.

"…"

잠시 할 말을 잊고 상황을 지켜보던 아내와 나는 눈이 마주쳤다. 쇼크였다. 당황했다. 그리고 황당했다. 잠시 정적이 흘렀다.

"알았어"라는 말에 "요" 자 하나만 붙였어도…. 아이들이 나한테 평상시에 존댓말을 안 하는 편이지만, 그렇게 아비 말을 자르려 할 경우라면 "요" 자 하나만 붙였어도 의미는 달라질 수 있었을 터인데. 순간 치밀어 오르는 화를 다스려야 한다는 생각밖에 없었다.

나는 애써 침착한 말투로 말했다.

"야, 나 쇼크다. 재혁아, 너 이제까지 나한테 이런 적 없었잖니? 어떡하지? 나는 밥을 더 이상 먹을 수가 없다. 나 이제는 화내면 안 되거든? 나, 생각 좀 해보자. 뭐가 잘못되었나."

밥상에서 몇 술 뜨던 숟가락을 내려놓고 나는 자리를 떴다. 갑자기 아버지 생각이 났다. 책임감 없고, 무능력하셨지만 나는 아버지의 말을 자르거나 막 대해본 적이 단 한 번도 없었다.

며칠 지나 큰아이가 문자로 미안한 마음을 전해왔지만 그 여운은 참 오래갔다. 아내가 옆에 없었더라면 그 상황은 설명하기 힘든 일이었을지도 모른다. 억양에 따라서는 별것 아닌 일로 들릴 수 있기 때문이다.

이튿날, 그 자리에 함께 있었던 아내가 그 순간의 기분을 알고 내게 위로의 말을 건넸다. 나는 아내의 말을 듣고 그나마 조금 웃을 수 있었다. 개그맨 아내로 자리를 지켜온 아내의 힘이었다. 아내는 개그

콘서트의 유행어에 위로를 실어 한마디 툭하고 던졌다. 정말 씁쓸한
웃음이 나왔다.

"남편~

어제 마이 당황하셨어요?

나도 마이 당황했어요~오."

예뻤다가

애들 교육에 정답이 있다면 얼마나 좋을까? 객관식 사지선다형으로라도 보기를 줬으면 좋겠다. 그중에 하나 골라보게. 그런데 정답은 없다. 다만, 부모가 낳았으니 자식이 자립할 때까지는 그저 최선을 다할 뿐이다.

아이들 교육에는 반드시 어렸을 때 부모가 받은 교육이 그대로 반영되는가 보다. 나는 당연히 우리 어머니께 받은 교육들을 알게 모르게 주입시키고 있다. 신용과 책임감을 귀에 못이 박히도록 강조하는 것을 보면.

그리고 또 한 가지 아이들이 중학교를 다닐 때부터 강조한 것이 있다. 한두 번 이야기하면 잊어버릴까 봐, 심심하면 읊조리면서 말하곤 했다. 그래서 내가 "대답해 봐!"라고 하면 아이들은 자동으로 대답한다.

"공부는?"

"하고 싶을 때까지."

"용돈은?"

"고등학교 졸업할 때까지."

"아빠, 엄마에게 물려받을 유산은?"

"없다."

그러고 나서 나는 웃으며 덧붙인다.

"얘들아, 얼마나 고맙니? 유산 안 물려준다는 게. 물려줄 것도 없지만 적어도 부모가 너희들 신세는 안 지겠다는 거거든. 얼마나 좋니. 그지?"

"공부는 하고 싶을 때까지"라고 해주었는데, 평소 지켜본 바로는 그렇게 공부를 좋아하지는 않는 것 같아 오래 뒷바라지는 안 해도 될 듯싶었다. 대학 이상 욕심은 부릴 것 같지 않았는데, 요즘 큰애가 몇 년 후에 대학원을 가겠다고 하는 바람에 미리 돈을 좀 모아두어야 할 것 같다. 약속은 나부터 지켜야 하니까.

용돈은 고등학교 졸업한 후에는 없다. 그런데 아이들은 '설마?' 한 모양이었다. 큰아이가 고등학교 졸업할 때 앉혀놓고 결산을 했다.

"자, 마지막으로 배우고 싶은 거 뭐 있니? 그 밖에는? 알았어. 학원비하고 조금의 여유를 주어야 하니까 어느 정도는 더 생각해 줄게."

큰아이가 대학교 1학년이 되었을 때였다. 아르바이트할 생각을 안 하는 것을 보니, 대학교에 들어가서는 당분간 모아놓은 돈으로 쓰겠다는 심사가 보였다. 그러나 모아놓은 돈은 금방 떨어지게 되어 있다. 대학생들은 술을 먹게 되어 있으므로 고등학교 때와는 씀씀이가 다르다. 그런데 아니나 다를까 한번은 한밤중에 큰아이로부터 전화가 왔다.

"여기 사당동인데 택시비가 없어. 집 앞에서 택시비 좀 줘."

돈이 떨어진 것이었다. 나는 잠깐 사이를 두었다. 그러고는 냉정해야 한다고 생각했다.

"우리 이러면 약속을 지키는 게 아니지. 미안하다. 알아서 들어와라."

그러고는 전화를 끊었다. 이튿날, 큰아이 방에 가 보니 이미 들어와서 자고 있었다.

"어떻게 들어왔냐?"

"친구한테 돈을 꿔 가지고 들어왔어."

"음, 빚을 졌구나. 그러니까 아르바이트를 하지 그랬어."

며칠 후 도저히 안 되겠던지 협상이 들어왔다. 아르바이트를 할 테니 기본 차비만 먼저 빌려달라는 것이었다.

동물은 제 새끼 챙기는 것을 끔찍이 한다. 다른 짐승이 행여 조금이라도 다가서면 그건 곧 죽음이다. 죽음을 불사하고 제 새끼를 챙기고 달려들어 목숨 걸고 싸운다. 그다음 중요한 것은 젖을 뗄 때인데 '줄까 말까. 에라, 주자'가 아니라 칼같이 냉정하게 외면한다. 그러나 우리 인간은 오히려 그런 점에 있어서는 냉정하지 못한 게 탈이다. 칼같이 한다고 하는 나도 어쩔 수 없다.

큰아이는 대학에 다니면서 잠시 아르바이트를 하다가 입대했는데, 군대 월급만으로 생활하라고 할 수는 없는 노릇이었고, 약간은 숨통이 트여야 한다고 생각해 나는 아주 가끔은 모른 척하고 조금씩 손에 용돈을 쥐어주기도 했다.

마지막으로는 유산에 관한 일이다. 학교에서 무슨 과목을 어떻게 배웠는지 하루는 큰놈이 심각하게 이야기를 건넸다.

"이건 뭐, 내가 어떻게 하겠다는 게 아니고 내가 그걸 배웠다는 거야. 원래 부모가 법적으로 자식에게 유산을 주게 돼있다네?"

그러고는 내 눈치를 잠시 보더니 말했다.

"그냥 그렇다는 거야."

난 발끈했다.

"야, 인마, 그런 게 어딨어. 막말로 내가 전 재산을 어디에다 전부 기부를 했다, 그러면 어떡할 거야? 뭐가 법적으로 자식에게 유산을 줘야 한다는 거야. 그런 게 어디 있어."

약간 당황한 큰아이는 수습했다.

"아니, 그냥 그렇다는 얘기야"

"나도, 그냥 그렇다는 얘기야."

난 믿는다. "아이들에게는 그냥 뒤통수를 보여라"라는 말을. 그저 내가 열심히 노력하고 성실하게 살아간다면 자연적으로 아이들이 엇나가진 않을 듯싶다. 그런데 도무지 큰놈이고 작은놈이고 이런저런 이야기를 안 하니 속마음을 알 길이 없을 때가 많다.

"너, 아빠한테 뭐 기분 나쁜 거 있냐?"

"아니."

"근데 왜 이야기를 안 하는 거니."

"그냥."

"불만 있니?"

"아니."

끝이다.

속마음을 알 수 있었던 기회가 한 번 있었다. 바로 문자를 통해서였다. 모든 부모는 자식의 단 한 마디에 모든 것을 놓아버린다. 그러곤 녹아버린다. 함께 프로그램을 하던 MC 김성주는 방송 도중 출연자들에게 과제를 하나 던졌다. "나는 너에게 어떤 아빠니?"라는 문자를 아들에게 보내라는 것이었다. 나는 문자 하나만큼은 자신 있었다. 바로 문자를 보냈다.

"재혁아, 나는 너에게 어떤 아빠니?"

평상시에는 말이 없던 아들놈들도 문자에서만큼은 이런저런 속사정을 비교적 풀어놓는 편이었기 때문에 어떤 답이 오느냐가 문제이지 답장은 빨리 올 것이라고 예상했다. 답장은 당연히 빨랐지만 그 내용에 큰 기대를 하지 않았던 나는 답 문자를 보고 크게 당황했다.

"내가 제일 닮고 싶은 아빠."

정말 감동이었다. 그런 답이 올 줄은 꿈에도 몰랐다. 순간 많은 출연자들이 부러워했다. 뒤이어 도착한 문자는 한술 더 떴다.

"아빠, 이런 걸 꼭 말로 해야 하나? 느낌으로 통하는 거 아님?"

당시 아들은 방송인 줄 모르고 그저 내가 보낸 문자에 답을 한 것이다. '카!' 갑자기 기분이 붕 떴다. 나의 잘난 척과 기고만장은 드디어 양쪽 날개를 펴고 힘차게 날기 시작했다. 아들의 답 문자 한마디에 아빠인 난 마냥 헬렐레했다. 키우기 힘든 녀석, 항상 말없는 녀석, 속을 알 수 없는 녀석, 생전 웃을 줄 모르는 녀석. 나에 대해 어떻게 생각하고 있는지 모르겠다고 했는데… 아들의 답장은 앞으로 내가 더욱 성실하게, 그리고 열심히 살아가는 모습을 보여야겠다는 생각을 끊임없이 하게 만들었다.

큰아이나 작은아이나 말이 없는 것은 변함없다. 그러나 문자 방에서의 대화는 마치 여자들이 모여서 수다를 떨듯이 이어지니 다행 중의 다행이다.

"졸업이 눈앞이다. 졸업하고도 부모에게 돈을 타 쓰면 쪽팔리는 줄 알아야 한다. 정말 주변에서 욕먹는다. 알지?"

"알겠음."

"이제 인턴 생활하니 모든 것은 네가 벌어서 써야 한다. 정식으로 취
  직할 때까지만 방세는 내가 내주마."

이런 대화가 메신저를 통해서는 마주앉아 이야기하듯 해결이 되
니 어쩌랴. 그래도 이야기 안 하는 것보다는 낫지 않는가. '네가 할
래? 내가 하랴?' 내가 하는 게 낫다. 애들이 문자만 하고 있다고 탓
해 봐야 해결이 안 된다. 흘러가는 문화를 어쩌랴. 내가 어릴 때 어
른들이 말씀하시면 무릎 꿇고 들어야 하던 시대는 죽었다 깨어나도
안 온다. 내가 아이들 못지않게 타자 치는 속도가 빨라야 할 말 다
하고, 더 나아가서는 내 말을 자를 수 없을 것이다.

생각 같아서는 얼굴 마주하고 웃으면서 이야기하고 싶다. 왜 안
그렇겠는가. 애들이 장가가서 며느리가 생기면 가능하려나? 하긴 요
즘은 많은 분들이 단체 문자방을 만들어 시아버지, 아들, 며느리 등
온 가족이 그곳에서 아침 문안부터 시작해 이런저런 이야기를 나눈
다고 하던데. 사실은 그것도 기대가 된다. 전화 한 통 안 온다고 탓하
는 것보다는 낫지 않겠는가.

큰아이와 문자로 해결하는 것이 많아지자 나는 가족을 위해 2014
년 1월 1일 모바일 커뮤니티를 만들었다. 가족 소통을 위해 필요하

다고 생각했다. 나는 네 가지 주의점을 커뮤니티에 올렸다.

"즐겁게 참여하여 SNS 시대에 제일 혜택을 받는 가족으로 거듭나
자. 귀찮아지 말고 미루어도 되니 가족 사랑의 마음으로 즐겁게
참여하자. 내가 10개 올릴 동안 1개 정도만 올려라. 부담 갖지 말자
는 이야기다. 누가 올리든 댓글을 달아주자. 바쁠 때는 스티커라도
달자. 사랑한다. 나의 가족들. OK? 어서 댓글들 달아라."

역시 문자 시대의 아이들이었다. 반응이 좋았다. 작년에 제대하고
미국에서 공부하고 있는 작은아이도 실시간으로 가족 소식을 접하
니 무척 즐거워했다.
최근에 나는 자료 정리를 하다가 아내의 편지를 올렸다.

"이건 식구들이 보면서 즐기라고 한 장 올려놓습니다. 글 쓰면서 자
료를 뒤지다가 우연히 찾아낸 건데, 여기 올려놔야 안 없어질 듯. 특
히 아이들이 유심히 봐주면 좋을 듯."

그러고는 아내가 2002년 내게 쓴 편지를 올려놓았다. 2002년이면
나는 한국에, 아내와 아이들은 미국에 있을 때다. 아내가 미국에서
공부를 하고 있어서 한국에서 나 혼자 생활해야 했던 기러기 아빠

시절이었다.

"자기야, 생일 축하해. 올해는 꼭 우리 함께 있을 줄 알았는데 그러
지 못해 섭섭하다 못해 속상하기까지 해. 그 오랜 시간을 나와 아이
들을 위해 희생해줘서 고마워. 앞으로 살아가면서 죽을 때까지 잘해
줄게. 이제 약 한 달만 있으면 우리 같이 살 수 있겠네. 우리 재미있
게 지내자.

I am always proud of being your wife. I love you so much.

2002. 5. 22."

"앞으로 살아가면서 죽을 때까지 잘해줄게"에는 밑줄을 팍팍 그어
올려놨다. 이제 아내는 나에게 꼼짝 마라, 다. 아이들 반응이 뜨거웠다.

"10년 전이네 ㅎㅎ."

그리고 아이들의 휘파람 소리도 들려왔다. 오랜만에 가뭄에 콩 나듯
이 "아이들이 예뻤다가"의 순간이었다. 아내의 댓글도 이어서 달렸다.

"헐."

자기야. 생일 축하해.

본래는 꼭 우리함께 있을줄 알았는데 그렇지 못해 섭섭하다 못해 속상하기까지해.

그 오랜시간 을 나와 아이들 위해 희생해주셔서 고마와.

앞으로 살아가면서 죽을때까지 잘해줄께. 이제 약한달 만 있으면

우리 같이 살수 있겠네. 우리 재미있게 지내자.

I am always proud of being your wife.

I love you so much.

2002. 5. 22.

인규.

기러기 아빠 시절, 아내가 미국에서 보내준 편지.

3장

나눌수록
행복한 인생

내가 먼저

강의는 나에게 있어서는 사는 보람과 함께 신바람 나게 해주는 일이다. 1시간 30분가량 무대에서 사람들을 웃기면서 하는 강의가 나를 얼마나 흥분하게 만드는지 모른다. 나이 들어 설 수 있는 무대가 특별히 없는 우리에게는 개그맨의 정체성을 느끼게 해주는 시간이다. 그렇기 때문에 사실 나에게는 강의보다는 그날 얼마나 즐겁고 유쾌하게 큰 웃음을 드렸는가, 하는 게 더 큰 관심사다.

정확하게 1990년, 개그맨 경력 10년이 막 넘었을 때다. 용인의 한 연수원에서 강의 요청이 왔다. 동물 탈을 쓰고 일하는 아르바이트생들을 위한 강의였다. 자기 일에 10년 종사한 사람은 강의를 할 수 있다는 이야기가 있기는 하지만 그건 능력이 있는 사람이나 가능한 일이고, 나 같은 경우에는 MC로서 진행을 보는 것은 가능해도 남들 앞에서 강의를 한다는 것이 엄두가 나지 않았다. 처음 받은 요청이었기 때문에, 아니 정확하게는 자신이 없어서 정중하게 사양하려고 했다.

연예인들은 출연 제의를 받았을 때 정중하게 거절하는 몇 가지 방법이 있다. 자신이 없으면 정중하게 "죄송합니다. 전 할 줄 모릅니다" 하면 될 일인데 꼭 잔머리를 굴린다. 다 그런 것은 아니지만 보통 크게 세 가지 방법이 있다.

첫째, 바쁘다는 핑계를 댄다. 좀 바빠 보여야 있어 보이니 말이다. 능력은 되지만 워낙 인기가 많아 바빠서 갈 수가 없다는 것이다.

두 번째, 할 능력은 충분히 되지만 일의 성격이 나와 안 맞는다고 둘러댄다. 이때는 안타깝다는 느낌이 잔뜩 느껴지도록 "죄송하다"는 말을 연발한다.

마지막으로 출연료를 엄청 많이 부른다. 엄두가 안 나게 함과 동시에 스스로의 레벨을 높여 보자는 심사다.

나는 잔머리 끝에 세 번째 방법을 썼다. 당시 그런 쪽의 강의료는 보통은 20만 원 선이었는데, 나는 50만 원을 불렀다. 과연, 역시나 상대 쪽은 약간 난감해하는 눈치였다. 그러고는 나중에 다시 연락하겠다며 전화를 끊었다.

이런 경우 여간해서는 다시 전화가 오지 않는다. 예의상 나중에 연락한다는 경우가 대부분이기 때문이다. 꼭 필요한 경우에만 다시 오는데, 그때 정말 연락이 온 것이다. 주겠단다. 큰일이었다. 그제야 "전 강의해 본 적은 없는데요"라고 말했지만 때는 이미 늦었다. 그냥 인생 선배로서 이런저런 조언을 해주며 용기를 북돋워 주라는 말로 오히려 상대방이 나를 위로했다.

사실 아르바이트생이든 정직원이든, 하루 종일 탈을 쓰고 일한다는 것은 어지간한 자부심이나 긍지 아니면 죽기 살기의 다급함 없이는 힘든 일일 것이다. 그래! 기왕에 이렇게 된 거 지난 시절 나도 어려움을 겪고 개그맨이 되었다는 이야기를 해주자고 마음먹었다. 2시간이면 된다고 하여 그 시간 동안 할 이야기를 열심히 준비했다.

첫 강의를 하던 날! 용인의 한 연수원, 그날 나는 보통 떤 게 아니다. 강의 1시간 동안 2시간 분량을 다 이야기해버렸다. 일단 화장실에 다녀오시라고 한 후에 대기석에 앉아 노란 오렌지 주스가 담긴 잔을 바라보며 우울해하던 생각이 아직도 난다. 그날 나는 '내가 다시는 강의인지 뭔지를 하나 봐라! 다시는 안 하리라' 하고 다짐했다.

2년간 일본 어학연수를 다녀온 후 초여름에 두 번째 강의 제의를 받았다. 이번에는 양지 쪽의 한 연수원에서 상무급 이사 20~30명을 대상으로 한 강의였다. 물론 처음에는 당연히 정중하게 거절했지만, 당신이 살아온 삶은 우리와 다르니 들려달라는 것이었다. 그리고 무엇보다 강사료에 마음이 당겼다. 불과 2년 사이에 꽤 많이 올랐던 모양이다. 강사료의 유혹에 빠져 이번만 하자, 하고 준비해서 갔다.

강의실을 들어선 순간! 와, 그렇게 오래된 일인데도 기억이 또렷하다. 강의 수락을 한 것에 대한 후회가 물밀 듯이 밀려왔다.

'한 번 경험이 있으면서 바보같이 내가 또 이런 곳에 오다니.'

20~30명이 모인 것은 좋았으나 전부 자신의 집무실 책상과 의자를 갖고 오신 듯했다. 의자도 전부 회전의자였다.

개그맨으로서 행사를 하라고 하면, 그냥 하던 거 하면 된다. 2시간이든 3시간이든 진행하면서 인터뷰하고 게임도 조금 하면 되니까. 그런데 혼자서 2시간 동안 강의를 하라는 것은 완전히 차원이 다르다. 한 순간도 쉬지 않고 객석과 밀고 당기며, 어찌 되었던 간에 혼자서 해나가야 하니 말이다. 그야말로 기댈 곳도 없다. 그나마 대학 강의 등을 통해 혼자서 이야기하는 것에 익숙해져 가고 있던 차였다.

연예인들이 사람들 앞에 설 때 가장 싫어하는 몇 가지가 있다. 우선 제일 먼저 식사하는 자리에서 공연할 때다. 달그락거리는 그릇 소리를 들으며 웃겨야 한다거나 노래를 해야 할 상황이 될 때는 정말 죽을 맛이다. 그 밖에 무대와 객석이 멀리 떨어져 있다거나 CEO 및 간부급들만 모여서 팔짱을 끼고 듣고 있을 때는 정말 난감하다.

그날 난 이런저런 살아온 이야기를 하긴 한 것 같다. 그런데 강의를 하는 내내 머릿속으로는 '내가 다시 강의를 하면 내 손에 장을 지진다'라고 다짐하고 있었다.

'그깟 강의가 나한테 뭐라고…. 나야 방송 외에도 잘 맞는 대학 축제 사회가 있고, 기업 행사나 밤무대도 기다리고 있는데….'

하지만 그 뒤로도 나는 나와의 약속을 어기며(?) 간간이 강의 요청에 응했으며 어떻게든 적응하려고 노력했다. 왜일까? 나이 들어

일선에서 물러난 연예인들이 그동안 방송 생활을 하며 얻은 경험과 지혜를 바탕으로 강의하러 다니는 모습이 참 보기 좋았기 때문이다. 그 무렵 구봉서 선생님이 교회 장로로서 간증하러 다니시는 모습마저도 참 멋져 보였으니까.

강의는 정말 어려울 때가 많다. 처음 60초 안에 객석을 제압하지 못하면 강의 시간 내내 쩔쩔매고, 그냥 강사료를 돌려주고 싶고, 말이 엉기기 시작하고 정신이 없다. 나를 낮추고 공감대를 형성하며 객석으로 파고들어야 한다. 최소한 5분 안에 주도권을 장악해야 한다. 이거 쉬운 일이 아니다. 많은 연구를 하고 아이디어를 짜내도 현장마다 다 다르다.

바로 얼마 전에 H 자동차에 강의를 하러 갔을 때였다. 500명이나 모였는데 웃어야 할 포인트에서 정말 전혀 반응이 없었다. 10회 강의를 계약했는데, 정말 받은 계약금을 다 돌려주고 싶은 심정이었다. 강의를 끝내고 내려오니 담당자가 말했다.

"기술직 500명 앞에서 강의해본 적 없으시죠? 이 강의만 하시면 아마 대한민국에서 못할 강의는 없으실 겁니다. 이분들이 듣지 않는 건 아닙니다. 다만 단순 작업에 익숙하시고 이런 문화를 접하지 못한 분들이다 보니, 많이 부대끼실 겁니다. 어떤 여자 강사 한 분은 울면서 내려오셨으니까요."

보통 강사들은 강의 반응을 보고 만족도를 느끼는데 만족하지 못한 나를 오히려 잘했다고 추켜세웠다.

시간이 조금씩 지남에 따라 강의의 완성도도 높아졌다. 나의 경험과 지론이 강의에 녹아들면서 나름대로 결심이 서게 되었다. 제일 먼저 내 강의 내용대로 살아야겠다, 라고 다짐했는데, 그래야만 나에게 강의할 자격이 있다고 생각했기 때문이다.

정말 자기 강의대로 모두 100퍼센트 지키면서 살아갈 수 있을까? 실제 강의에서 한 말을 스스로 지키지 못하고 사는 강사들이 많이 있다. 안타까운 사례지만 인생은 행복한 것이라고 희망을 주던 분이 자살을 했다. "자살을 거꾸로 하면 살자"라고 강조하시던 분이었다.

한 의사가 흥분하면서 다른 의사들에게 이야기했다.

"세상에 그렇게 말 안 듣는 환자는 내 처음 보겠네. 아니 의사 말이 말 같지 않은 거야?"

"무슨 일인데?"

"7호실 환자 말이야, 지금 담배 피우면 안 되거든. 죽어요, 죽어. 아, 그런데 조금 전에도 화장실 가서 한 대 피우고 왔다는 거야. 백해무익한 거 아냐, 담배. 나 원, 참."

"저런, 저런."

"속 터져서 원…. 에잇, 나 담배 하나만 줘 봐."

"(무심코) 응, 여기 있어. 자자, 흥분하지 말고 마음 가라앉혀. 불

여기 있네."

의사들은 의사가 하는 말은 듣되 행동은 따라 하지 말라고 한다.

"단 하루라도 즐겁게 지내지 않으면, 내 손에 장을 지져라."

SNS를 할 때마다 대문에 써놓는 글이다. 항상 즐겁게 살아야 한다는 것을 얼마나 절절하게 깨달았으면 그렇게 매일 다짐하고 다짐하겠는가. 그런데 작심삼일이다. 마음먹은 대로 쉽게 실천하지 못한다. 그래서 매일매일 마음을 다잡는 것이 필요한 것이다.

우리 세대는 끊임없이 치열하게 살아오는 것에 너무 익숙해져 있다. 우리 시대가 그랬고, 우리 부모님 세대에는 더했다. 분명 그 안에서도 웃으며 살아갈 수 있었는데…. 개그맨으로 오랜 세월 지내 오면서 남을 웃기며 나도 웃다보니, 그런 것을 더 느끼게 되었다.

돌이켜 보면 오랫동안 한길로 개그맨 생활을 해 온 것은 큰 축복이었다. 내게는 다른 사람보다 웃을 시간이 더 많이 주어졌으니까. 예민하기 그지없는 이 성격에 웃는 시간도 제대로 주어지지 않았더라면 정말 끔찍할 뻔했다.

이제 나는 유독 많이 웃는 습관이 몸에 배었다. 내가 많이 웃어야 주변 사람들도 편안하게 웃을 수 있다는 것을 알았기 때문이다. 그러지 않았다면 나는 무슨 정신병에 걸려도 걸리지 않았을까?

"즐겁게 살자."

어떻게 하면 즐겁게 살 수 있을까? 처음 강의를 할 때는 그저 내가 살아온 이야기를 주로 했는데, 이제는 개그맨 생활을 하며 느낀 '즐겁게 살 수 있는 법'에 대해 이야기해보면 어떨까, 하는 생각이 든다. 그리고 방법을 조금씩 제시해주는 것이다.

"즐겁게 사는 법."

감히 내가 즐겁게 사는 법이 있으며 행복하게 사는 법도 있다고 정의를 내릴 수 있을까마는 적어도 웃음에 대한 것들만 30년을 넘게 접하다 보니 사람들이 놓친 부분들이 눈에 보였다.

사실 나에게 강의를 원하는 분들의 주문은 딱딱한 강의보다, 웃음을 많이 주며 사람들을 즐겁게 해달라는 것이다. 그런데 강의를 하다 보면 정작 행복해지는 사람은 나다. 나의 개그 무대라 생각하고 마음껏 시간을 갖는 것이다. 우리나라에서 개그만 1시간 40분 동안 하는 무대가 있었던가? 나는 나를 좋아했던 사람들과 함께 한바탕 개그 무대를 연다.

사람들이 깔깔대며 웃는 소리가 좋다. 희열을 느끼는 순간이다. 아직도 객석에서 사람들이 빠진 뒤에 떨어져 있는 웃음 조각들이 좋다. 그저 사람들이 실컷 웃으면 된다. 어려운 이야기는 필요 없다. 일반인들은 위트, 해학, 코믹, 유머 이런 것을 구분하고 싶어 하지 않는다. 강의를 빙자하지만 개그 무대라는 것을 잊으면 안 된다. 심각한 것 같지만 웃고 즐길 수 있게 해줄 수만 있다면 목적 달성이다. 강의를 하지만 난 전문 강사가 아니고 본업은 어디까지나 개그맨이기에 웃음을 주는데 총력을 기울인다.

나의 무대가 강의장으로 바뀐 것에 감사하며, 강의를 통해 열심히 공부하고 용기를 불어넣어 줄 수 있는 무대를 해 나가고 싶다.

강의 내용 : 즐겁게 사는 법
강의 방향 : 내가 이야기하는 대로만 내가 먼저 살고 이야기하자.

자기 복은 자기가 찾는다는 말이 있다. 자기 웃음도 자기가 찾는다. 자기가 웃으려고 마음먹으면 웃을 수 있다. 자신의 즐거움은 자기가 찾을 수 있는 법이다.

"내 강의대로만 살자.

내가 먼저!"

종간나

"어머나, 깔깔깔깔! 어머, 어머, 호호호호호호."

나는 항상 10퍼센트 더 오버하면서 자지러지게 웃는 것이 버릇이 되어 웃을 일이 생기면 호탕하게 잘 웃는 편이지만, 아내도 TV를 보다 깔깔대면서 웃기 시작하면 걷잡을 길이 없다. 어떨 때는 '에이그, 남편이 개그맨인데 남편 나올 때 좀 그렇게 깔깔대고 웃어봐라. 꼭 심형래나 맹구 나올 때 웃지 말고 말이야' 하면서 스스로 속이 좁아질 때도 없잖아 있다.

그런데 그날따라 TV에 뭐가 나왔기에 저리도 웃는 것인지 도저히 궁금증이 나서 견딜 수가 없었다. 언제나 달려가서 "뭐야? 뭐야?" 하다가 별것 아닌 것을 알고 싱겁게 뒤돌아 왔음에도 불구하고, 그래도 또 번번이 달려갔다.

"뭐야, 뭐야? 뭔데 그래? 응?"

"호호호호. 자기야, 저거 봐요, 저거. '종간나'래요, 종간나."

"뭐? 종간나가 무슨 말이야?"

무슨 말인지 모르는 나에게 아내는 계속해서 깔깔거리며 더욱 신이 나 말했다.

"은퇴해서 종일 간식이나 찾는 남편을 종간나라고 한대요. 종, 간, 나. 호호호. 지금 부인이 반찬 하라고 시켰더니 그거 하고 있잖아요. 어쩜 저렇게 못하니. 호호호."

유심히 지켜보니, 그 은퇴한 남편이라는 사람이 나보다 불과 한두 살 위였다. 내가 보기에는 한 열 살 정도는 많아 보였지만…. 나도 덩달아 웃기에는 왠지 씁쓸했다.

"종일 간식이나 찾는 남편, 종간나!"

우린 방송 쪽에 선수들이라 어느 정도는 설정된 상황인 것을 알고 있기는 하나, 그래도 사실은 사실이었다. 물론 나는 75세까지 일할 것이라고 매일매일 맹세하고 있지만, 이런 이야기들이 나와 동떨어진 이야기만은 아니었다. 바로 내 주변의 일이었다.

불과 몇 해 전, 정말 몇 십 년 만에 국민학교 동창회에 나갔다. 돌아가면서 자기소개를 하는데 절반 이상이 "난 퇴직하고 손주 보고 있는데 앞으로 무엇을 할지 생각 중이야"라고 이구동성으로 이야기하는 것이다. 그날 나는 큰 쇼크를 받았다. 마치 국민학교 동창들이 꿈을 잃어버린 것만 같아서 붙들고 '아직 아냐! 아직 아냐! 지금부터야!'라고 큰 소리로 외치면서 큰 꿈을 가지라고 하소연이라도 하고 싶은 심정이었다.

아무튼 그랬거나 저랬거나 모두들 우리가 서로 알고 있는 그 나이가 되면 서서히 부인한테 매달리는 것이 사실은 사실인 모양이다. 그러나 이사 갈 때 자기를 버리고 갈까 봐 이삿짐을 실은 트럭에 제일 먼저 올라 타있었다는 남편 이야기나 나이가 들어 부인이 좋아하는 것 순위 5위 안에도 못 끼는 것이 남편이더라, 하는 이야기 등 이런저런 농담들은 나하고는 상관없는 이야기며 특히나 '종간나'라는 단어는 정말이지, 나와는 아득히 동떨어진 말인 줄만 알았다.

올해 초, 교회에서였다. 목사님의 설교를 메모하려고 휴대전화를 꺼내서 몇 자 끄적이는 순간, 화면 불빛이 남에게 방해가 될 것 같다는 생각이 들었다. 아무리 메모라고는 하지만, 그리고 제아무리 휴대전화로 성경을 보는 사람이 있다지만 많은 사람들이 있는 자리에서 휴대전화를 꺼내 본다는 것은 좀 아닌 것 같았다. 내가 극장에서 영화 볼 때 제일 싫어하는 것이 무엇이던가. 영화를 보는 도중에 휴대전화를 꺼내서 문자 확인을 하는 사람들을 정말 싫어하지 않았던가. 나는 휴대전화를 얼른 챙겨 넣고, 메모지와 볼펜을 꺼내 들었다. 그 짧은 사이 옆에 앉아 있는 아내의 눈치가 살짝 보이긴 했다.

예배가 끝나고 아내와 영화 한 편 보러 가는 것은 삶의 큰 즐거움 중의 하나다. 영등포의 한 영화관으로 가는 중이었다. 아내와 나는 이런저런 이야기 속에 빠졌다. 수다스러운 나는 대화를 주도하며 한참을 신나게 이야기하고 있었다. 참으로 희한한 것은 그렇게 즐겁게 웃으며 이야기하다가도 아무것도 아닌 말 한마디가 삐끗해 부부 싸움으로 번지는 경우가 종종 있다는 거다. 그런데 그게, 원인을 따져보면 정말 별거 아니다.

"호호호호. 그랬구나. 응응응."

아내는 웃으면서 계속 내 말을 받았다.

"그래그래. 그리고 말이야…."

내 말이 이어지는 가운데 갑자기 아내가 한마디 했다.

"음, 근데 아까 자기 마음에 안 드는 것 하나 있었어."

"뭔데, 뭐가 또 맘에 안 들었어?"

나는 대수롭지 않게, 그저 궁금하기에 물어보았다.

"아까 휴대전화 들여다본 거. 그거 정말 마음에 안 들었어. 휴대전화 좀 들여다보지 말아요."

"내가 언제, 언제 그랬는데."

"아까 교회에서 말이에요. 물론 메모하려고 한 것은 내가 아는데…."

웬일일까? 갑자기 나도 모르게 열이 오르기 시작했다. 그동안 휴대전화를 자주 들여다본다고 타박할 때마다, 나는 요즘은 대화를 거의 문자로 주고받는다, 그리고 여러 명이 문자를 주고받노라면 아무래도 들여다보는 시간이 많지 않겠느냐, 나는 애들과 다르다, 거의가 잡담이 아니라 나의 일이다, 일을 해야 먹고살 게 아니냐, 상대편도 거의 그렇게 일을 보니 나도 그렇게 일을 봐야 하지 않겠느냐, 라고 항변을 해왔던 터였다. 더군다나 안 된다는 것을 내 스스로 느끼고, 휴대전화 메모를 끄고 연필과 메모지를 꺼냈음에도 불구하고 그 이야기를 또 끄집어내는 데 나도 모르게 발끈한 것이다.

"뭐! 아니, 내가 메모하려고 꺼내긴 했지만 바로 집어넣었잖아! 뭘 그걸 또 이야기하고 그래! 그게 뭐 기분 나쁜 일이라고."

그러면서도 나는 화내면 안 된다고 스스로를 다독였지만 이미 때는 늦은 뒤였다. 아내가 발끈하는 나를 보고 기분이 확 나빠진 것이다.

"아니, 뭘 그 이야기 좀 했다고 소리를 버럭 질러요?"

"당신이야말로 그걸 뭘 지금 이야기를 해. 아까 전화기 꺼냈을 때 기분 나빴으면 바로 그 즉시에 이야기하던가."

"알겠어요. 다음부터는 그 즉시 이야기하도록 할게요."

"AC."

우리는 주차 자리를 찾고 있던 중이었다. 그러나 나는 이미 영화 볼 기분이 아니었다. 순간 조금 망설이다가 하지 말아야 할 말을 뱉어버렸다.

"우리 그냥 영화 보지 말고 집으로 돌아가자."

"뭐요?"

아내의 언성이 높아졌다.

"이제까지 이런 경우는 단 한 번도 없었어요. 아무리 화가 났어도 영화 보러 가다 돌아간 적은 단 한 번도 없었다고요. 알았어요. 돌아가요."

이런 적이 단 한 번도 없었다는 말을 듣는 순간 나는 멈칫했다. 그렇다. 화를 내긴 했지만 소심함에 그 말이 마음에 안 걸릴 수가 없었다. 일단 주차를 하고 나서 말을 정정했다.

"알았어. 그럼 어여 들어가서 영화 보고 가자."

"이미 늦었어요. 이제 다시 가서 영화 볼 맛이 나겠어요?"

난 할 말을 잃고 조용해졌다.

"…"

아내는 내가 조용해지자 다시 봇물이 터지듯이 말을 이었다.

"그래요. 말 안 하지요? 그럼요, 이제 말 안 하는 거예요. 당신은 늘 그래 왔어요. 맘에 안 들면 그때부터 당신은 화가 나서 말 안 하는 거예요. 그러면 나는 항상 기다려야 해요. 당신이 화가 풀릴 때까지 기다리는 수밖에 없어요. 하루고 이틀이고, 아니면 일주일이고 한 달이고. 기다리는 거예요. 우리는 화해하는 게 아니에요. 당신이 화가 풀려야 그게 풀리는 거예요. 나는 하염없이 기다리는 것이고…"

마음이 가라앉는 순간 아내의 말이 맞다는 것을 절감했다. 맞다. 백번이고 맞다. 그래 왔다. 그리고 조금 전에 아내가 휴대전화를 들여다보지 않았으면 한다고 했을 때 내가 자연스럽게 이렇게 대답했으면 아무 일도 없었다.

"그래? 그랬어? 그랬구나. 아, 진즉에 말하지 그랬어어어."

이러면 됐을 일인데 참으로 답답한 일이었다. 나는 한참을 듣고 있다가 말했다.

"우리 기분 풀고 들어가자, 응? 나 지금 다 잊어버렸어. 좀 전에 무슨 일이 있었지? 응? 응? 응?"

아내는 어이가 없다는 듯이 나를 보며 말했다.

"정말이에요? 지금 그 말?"

"아, 그럼 정말이고말고."

"웬일이에요?"

"웬일은 이 사람아. 나 원래 이런 사람이야. 나에 대해서 아직 잘 모르고 있었구나~아."

무슨 일이 있었는지는 까맣게 잊고, 우리 부부는 영화를 신나게 보고 나왔다.

그날 저녁 난 어리둥절해졌다. 아내가 집에 도착해서는 갑자기 부산스럽게 움직이더니, 방에 있는 나를 불러 와인 한잔 하라는 것이었다. 그뿐인가? 내가 좋아하는 꼬막에다가 돼지고기 수육까지 한 상을 차려놓은 것이다.

"아니, 이게 다 뭐야?"

아내는 빙그레 웃으면서 이야기했다.

"자기, 오늘 너무 멋졌어."

"뭐가?"

"결혼하고 30년 가까이 되도록 오늘 같은 당신 행동은 처음이야. 원래는 한 3, 4일은 가야 했거든. 툭툭 털어버리는 게 너무 핸섬하더라. 믿을 수가 없었어."

"뭔 소리야."

'아하, 아까 주차장에서 아내가 눈물을 글썽거리며 나에게 속사포처럼 쏟아 부었을 때 내가 묵묵히 듣고 있었던 것이 그렇게 마음에 들었나 보구나. 다른 때 같으면 나도 버럭 소리를 지르고 내 주장을 펼치며 잔뜩 삐쳐있었을 터인데….'

그런데 정말 이상한 일이었다. 처음 겪은 일이었다. 난 아내가 나에게 마구 이야기를 쏟아 낼 때 그 순간 정말이지, 말대꾸할 힘이 없었다. 그냥 맥이 풀려 아내의 이야기를 듣고 있었다. 그리고 신기할 정도로 순종적인 자세를 보였다. 아내의 말들이 고개 숙인 내 머리 위로 막 지나가는 것이 느껴졌다. 덤덤하게 들렸다. 신비한 경험이었다.

'이래서 나이가 들면 여자는 남성 호르몬이 나오고, 남자는 여성 호르몬이 나온다고 하는 것인가?'

어느덧 슬프게도, 아니 기쁘게도 나는 무엇이 편한 것인지 서서히 터득해나가고 있는 것이다. 우리의 아버지들이 그랬던 것처럼 나이의 변화에 차츰 적응해나가고 있는 것 같은데, 다시 생각해도 이게 맞는 것 같았다. 그리고 그러는 게 편했다, 정말. 나는 듣고만 있었는데 결혼 생활의 기적이라고 아내가 분명히 이야기하지 않았는가. 그리고 무엇보다 지금 내 앞에 와인과 꼬막, 돼지고기 수육이 있지 않은가.

그러나 한 가지 분명한 것은 내 나이 75세가 되기 전까지는 절대로 종간나는 되지 않을 것이라는 거다.

"알았지?

먼저 이런 소리를 듣고 있는

종간나들아."

진짜보다 가치있는 가짜

미국에 친척들이 정말 많이 살고 있다. 예전에 〈이홍렬쇼〉를 하던 도중 미국 생활을 1년 반 동안 했지만, 친척들이 많아서 크게 외롭지는 않았다.

누나는 LA에 살고 있고, 여동생은 84년에 재미 동포와 결혼해 지금껏 샌프란시스코에 살고 있다. 그뿐인가. 돌아가신 우리 어머니만 미국에 못 들어갔지, 외가 식구들은 미국인과 결혼한 작은이모를 따라서 거의 미국에 살고 계신다. 작은이모, 큰삼촌, 작은삼촌, 돌아가신 큰이모와 막내삼촌까지.

그중 주축이 되신 작은이모. 1933년생이신 작은이모는 미국인과 결혼해 오래도록 미국 생활을 하셨다. 우리 어머니가 투병 생활을 하실 때 정말 어려웠던 우리 집안에 어머니 약값에 보태라며 100불, 200불씩 보내 주셨던 작은이모. 나는 어머니 심부름으로 은행에서 그 돈을 찾아 어머니 약값으로 쓴 아픈 경험을 갖고 있다. 물론 나중에 두고두고 어머니 대신 갚았고, 앞으로도 계속 갚아 나가야 한다고 생각하고 있다.

  몇 해 전 작은이모께 전화가 왔다. 고향이 평양이신 우리 어머니
와 이모들의 평양 사투리가 물씬 풍겨 나오는 말투는 거의 비슷해서
어머니 생각이 정말 많이 난다.

  "홍렬아~ 기레 잘 지내디~ 기래기래 거, 딴 게 아니구 거저 너, 옛
날 귀한 물건 같은 거 좋아하네?"

  "무슨 말씀이세요?"

  "아니이~ 내가 거저 아주 귀한 물건을 하나 개지고 있는데… 음
가만 보자, 내가 거저 30년이 넘게 개지고 있어어… 아, 기런데 이제
너도 알다시피 내가 점점 나이가 들어가고 있지 않네? 기래서 주위
를 가만히 둘러보니 거저 너밖에 생각나는 사람이 없어야. 우리 아
들이 이걸 알갔니? 누가 알갔니? 잘 간직하고 집안의 가보로 가디고
있을 사람은 거저 너 하나밖에는 없는 거 같아…."

  그 많은 친척들을 다 제쳐놓고 나를 선택했다는 것은 대단한 일이
었다. 미국에 들어갈 때마다 조금씩이라도 용돈을 드리길 잘했다 싶
었다. 나는 즐거워서 터져 나오는 웃음을 참았다.

  '뭘까? 얼마나 귀한 것이기에 30년 넘게 간직하고 계셨을까?'

  사실, 우리 집은 아주 오래전부터 아무것도 없었다. 누구든 옛날이
야기를 할 때면 왕년에는 우리 집에 금송아지가 있었느니 뭐니 하지

만, 우리 집에는 금똥도 없었다. 아무리 뒤져도 나올 것이 없었던 터라 귀가 솔깃해지면서 그게 무엇이든지 간에 나도 자식에게 물려줄 가보가 생기는가 보다, 하면서 신이 났다.

"네, 이모. 그게 뭔데요?"

"으응. 김구 선생님의 친필이야."

이모의 말을 듣고 나는 내 귀를 의심했다. 국제전화에, 괜히 예전 그 시절처럼 잘 안 들린다는 듯이 자꾸 확인했다.

"뭐라고요? 김구 선생님 말씀이신가요?"

"아, 기래. 이거 잘 간직할 사람은 거저 이제 너밖에는 없을 거 개꾸나."

이럴 때 제일 먼저 드는 생각이 있다.

'그거 진짜일까?'

"이모님, 그거 진짜예요?"

"아, 그럼 내가 가짜 가디고 너한테 물려준다고 기러겠니?"

가슴이 벅차올랐다.

"아… 감사합니다, 이모님. 보내주시면 제가 정말 잘 간직할게요."

가슴이 마구 뛰었다. 그런 경험은 처음이었다.

"보내기는 어더로케 보내니. 안심 안 되게시리. 거저 이번에 나갈 때 내가 직접 개지고 나갈게. 그거 붙여도 되지만 불안해서 되갔니?"

당연했다. 아무리 안전하다고 해도 본인이 직접 들고 오는 것만 못했다. 정말 잘 생각하셨다. 그렇게 귀한 걸 택배로 붙인다는 것은 말도 안 되는 일이었다.

"아이고, 힘드실 텐데 괜찮으시겠어요?"

이제는 이모 대답도 잘 들리지 않았다.

"아, 네네…. 잘 알겠어요. 이모님, 감사합니다."

작은이모가 도착하기 전까지 나는 가슴이 많이 설레었다. 이제, 우리 아이들에게 물려줄 것이 생겼으니까. 아들이 둘이지만, 그래도 이것은 장남에게 물려주어야 할 것 같았다. 작은애한테는 양해를 구해야 했다. 그것은 쉽게 사고파는 물건이 아닌 집안의 가보였기 때문이다.

그러기 위해서는 사연도 잘 들어두어야 했다.

'어떤 사연이 있는 김구 선생님의 친필일까? 어떤 인연으로 이모의 손에까지 들어가게 되었을까?'

기대가 보통 되는 것이 아니었다.

작은이모가 한국에 오던 날, 직접 싸 오신 그 액자는 보통 애지중지해서 싸 온 게 아니었다. 한 면을 은박지로 대고 스티로폼을 꽁꽁 싸매 웬만한 충격에도 견딜 만큼 꼼꼼하게 잘 묶어 오셨다.

그날 작은이모가 보는 앞에서 하나하나 조심스럽게 개봉을 했다.

'아….'

비록 액자는 많이 낡았지만, 그 액자 속에 쓰여 있는 글을 보는 순간 난 입이 쩍 벌어졌다.

"知行合一"

'아는 것과 실천하는 것이 동시에 이루어져야 한다'는 뜻의 '지행합일知行合一'이라는 고사성어가 쓰여 있었다. 내가 좋아하는 글이 이렇게 내 손에 들어오게 되다니, 믿을 수가 없었다. 그리고 읽을수록 좋았다.

나는 액자를 내 방에 모셔놓았는데 보면 볼수록 좋은지라, 작은이모도 내가 좋아하는 모습을 보시고는 안심하셨는지 많이 웃으셨다.

그때 공교롭게도 KBS 〈진품명품〉에서 연락이 왔다. 이렇게 뭐가 되려면 피해 다녀도 뭔가 척척 이루어진다고 생각했다. 생전 그 프로그램에서는 나에게 연락 올 일이 없었다. 내가 거기 나가서 뭘 한단 말인가? 그리고 내가 집안의 가보가 있다는 것을 그 프로그램의 작가가 알 턱이 없었다. 아무튼 작가도 그런 사정을 알고 내게 전화를 걸어온 것은 아니었다. 단지 특집을 준비하면서 혹시나 해서 전화를 준 것이었다.

"이홍렬 씨. 혹시 집안에 가보라든가 우연히 손에 들어온 귀한 옛날 물건 갖고 계시나 해서요."

난 기다렸다는 듯이, 그러고는 약간은 거만하게 이야기를 했다.

"아, 네. 뭐 한두 개 있겠지요. 근데 느닷없이 나한테 왜요?"

"저희가 〈진품명품〉 8.15 특집을 꾸미려 해요. 그래서 이렇게 전화 드렸어요. 혹시 있으신가요?"

"음, (침착한 척하며) 있어요. 김구 선생님의 친필을 갖고 있지요."

그 순간 전화기 반대쪽에서는 많이 놀란 것 같았다.

'당연하지, 이 사람들아. 그거 듣고 놀라지 않음 말이 안 되지.'

바로 녹화 날짜를 잡았다. 그리고 귀한 것이니 운반도 신경을 잘 써 주어야 한다고도 미리 일러두었다. 작은 물건도 아니니 말이다.

그리고 며칠 뒤 전화가 왔다.

"선생님, 죄송하지만 그 작품 미리 좀 보여 주실 수 있어요? 저희가 녹화하기 전에 미리 감정을 하는 게 순서거든요. 다른 분도 아니고 연예인이 갖고 계신 귀한 물건인데 모처럼 나오셔서… 아니 뭐, 그럴 리야 없지만 혹시 가짜라든가 하게 되면 많이 실망하게 되실 것 같고 해서요. 괜찮으시겠지요?"

번거롭기는 했다. 그러나 나는 녹화 전에 미리 감정하기로 했다. 자신이 있었으니까. 그러나 내가 이쯤 이야기를 하면 대부분의 사람들은 눈치를 챘을 것이다. 맞다. 가짜였다.

'세상에 가짜라니, 가짜라니….'

믿을 수가 없었다.

'작은이모가 30년 이상 간직해 온 김구 선생님의 친필이 가짜라니…. 이럴 수가. 아, 작은이모한테는 뭐라고 이야기할 것인고? 이야기하지 말아야 할 것인가, 말해야 할 것인가?'

그러나 나는 작은이모에게 전화하기로 결심했다. 어차피 아시게 될 일이고, 무엇보다도 솔직하게 말씀드리는 것이 훨씬 나을 듯했다.

소식을 들은 작은이모는 실망이 이만저만 아니셨다. 30년이 넘는 그 많은 나날들. 얼마나 애지중지 간직해왔을까? 행여 이사라도 갈라치면 제일 먼저 챙겼을 테고, 옮긴 다음에도 역시 제일 먼저 안전한 곳에 모셔 두고 계셨을 것이다.

이후 시간이 흘러 다시 한국을 방문한 작은이모와 나는 그 이야기를 안 꺼낼 수 없었다.

"기래 홍렬아, 나는 아직도 믿어지지가 않는다."

"그러게요, 이모님. 그래도 너무 속상해하지 마세요."

이모는 울상이 되어 한숨을 푸욱 내쉬며 물으셨다.

"기래서 홍렬아, 그 가짜 액자는 갖다가 버렸니?"

아마 그게 가장 궁금하셨을 것이다. 그러나 나는 자신 있게 이모에게 큰 소리로 이야기했다.

"하하하… 이모! 무슨 소리세요. 이리 오세요."

나는 작은이모 손을 잡고 내 방으로 들어갔다.

"여기 보세요, 이모. 제가 액잣값만 80만 원을 들여서 멋지게 표구했어요. 다른 사람에게는 가짜여도 저에게는 진짜예요. 미국에 있는 이모 아들, 그리고 수많은 삼촌, 조카들을 물리치고 저에게 주신 거 잖아요. 저에게는 진짜예요."

내가 생각해도 잘한 행동이었고 멋진 생각이었다. 만약 내가 그걸 버렸다면 이모는 얼마나 실망하셨을까? 나는 지금도 작은이모의 감격 어린 눈빛을 기억하고 있다. 그리고 그 액자는 내 방 한쪽 면에 여전히 멋지게 자리하고 있다.

"가끔은

가짜가 진짜보다

더 가치 있을 때가 있다."

내 방 한편에 자리한 소중한 액자.

구봉서 선생님

정말 어려웠다. 그분이 누구신가? 천하의 구봉서 님이시다.

"안녕하세요, 막둥이 구봉서입니다."

"이거 되겠습니까? 이거 안 됩니다."

인사와 더불어 유행어라도 한마디 할라치면 입 떨어지기 전에 우리들의 입가에는 즐거운 미소가 번지기 시작한다. 연필을 들어 백지에 '구봉서'라는 딱 세 글자만 써도 즐거웠다. 같은 코미디를 계속 들어도 우리들은 즐거웠다.

구봉서가 누구신가. 1960년대부터 우리나라 코미디계를 이끄신 분이 아니시던가. 수많은 방송 출연은 물론 영화 〈돌아오지 않는 해병〉 등에서 국민들을 울리고 웃겼었다. 특히 문희 씨와 주연을 맡은 〈수학여행〉은 1969년 '테헤란 국제영화제'에서 작품상을 받았다. 2013년에는 '대한민국 문화예술대상'에서 최고의 연예인에게만 주어지는 은관문화훈장도 수상하신 우리나라 최고의 희극배우이시다.

그 옛날 코미디가 구박받던 시절에도 수준 있는 코미디로 인정받

왔고, 게다가 '후라이 보이' 곽규석 선생님과 함께 나올 때면 폭소의 도가니였다.

코미디계의 대역사를 쓰신 구봉서 선생님. 코미디가 꿈이었던 중학교 2학년 때부터 구봉서 선생님의 활동하시는 모습을 보며 꿈을 키웠다. 그때는 구봉서 선생님을 보기만 해도 그렇게 즐겁고 재밌고 신났는데, 막상 구봉서 선생님의 후배가 되고 나니, 나는 그 끝도 보이지 않는 선배님이 갖고 계신 기에 지레 주눅이 들어 버렸다.

공채 개그맨은 아니지만 MBC에서 개그 프로그램 〈청춘만세〉를 시작할 무렵 자주 뵙기 시작했다. 마주 보면서 연기를 해본 적은 손에 꼽을 정도로 몇 번 되지 않았고, 서영춘 선생님과 더불어 어렵기만 했다. 마치 마피아 보스가 나타난 양 한번 등장하기만 하면 한편으로는 좋으면서도 안절부절 어찌할 바를 몰랐다.

나와 스물여덟 살 차이가 나는 구봉서 선생님의 등장은 아버님의 등장과도 같았다. 사실 나뿐만이 아니라 다른 개그맨들에게도 마찬가지였다. 비좁은 코미디언실에 구봉서 선생님이 한번 등장하면 어린 것들은 커피나 뽑아드리고 사라져 드리는 게 예의였다. 그저 추석 특집이나 설날 특집 코미디 프로그램을 할 때나 함께 앉아서 대본 리딩을 할 뿐, 그 이외에는 물러났다. 마치 군대에서 사단장이 뜨면 인사계가 알아서 숨어있으라고 하듯이.

우리는 인사계가 이야기 안 해도 사라졌다. 하도 코미디언실에 안 들어가니까 한번은 "거, 이홍렬이 하고 주병진이는 어디 딴 사무실 차렸나 한번 알아봐라"라는 이야기를 전해 들었을 정도였다. 그러면서 간혹 얼굴이라도 마주할라치면 어려서서 안절부절못했고, 구봉서 선생님도 별말씀 안 하셨으니 특별히 나를 좋아했다거나 마음에 두지는 않았을 거라 생각했다.

아랫사람은 윗사람이 아무리 편하게 하라고 해도 잘 안 된다. 단한 번 엄한 모습이 나오기라도 하는 날에는 숨쉬기조차 거북해지기 때문이다. 이제 나도 그때 그분의 나이가 되고 보니 후배들에게 아무리 편하게 있으라고 자리를 펴주어도 잘 앉으려 하지 않는다. 특히 코미디계는 엄한 위계질서가 있지 않은가.

마냥 어렵던 구봉서 선생님께서 다정한 목소리로 나를 불러 주시기 시작한 때는 따로 있었다. 바로 상갓집에서 자주 뵙기 시작하면서부터였다. 나는 세상없어도 가야 할 상갓집을 거른 적이 없다.

상갓집에서 자주 뵙게 되면서 처음에는 그냥 형식적으로 받으셨던 인사가 차차 다정스러운 음성으로 바뀌기 시작했다. 아마 내가 짐작하기에는 '어허, 저놈이 그래도 궂은일에는 자주 찾아다니는 놈일세. 상갓집에서는 꼭 만나니, 음' 하셨던 것은 아닐까?

예전에 코미디언실에서 전원 해외 연수를 떠날 때 비행기 안에서 일어로 된 소설책을 읽으시던 모습은 오래도록 잊히지 않는 참으로 인상적인 모습이었다. 코미디언실 신우회를 이끄시면서 나와 크게 싸웠던 코미디언 이용식을 함께 불러 "너희들은 친구로서 잘 지내라"하시며 크게 격려해주셨고, 내가 일본으로 유학을 떠난다고 했을 때, 열심히 잘하라고 함께 기도도 해주셨다.

나의 일본 유학을 멋지게 기억해주는 분들은 많지만 사실 그 뒤에는 많은 모험이 따랐다. 한 살과 세 살짜리 아이들을 데리고 일본 생활을 시작했는데, 당시 한국에 있던 집을 전세를 주고 왔던 터라 우리 집은 없는 것이나 마찬가지였다. 일본에서 공부를 끝내고 간다한들 잘되면 좋은 것이었지만, 못되면 집 한 칸 마련하는 것도 힘들어 다시 전세부터 시작해야 할 판이었다. 그래서 2년 동안 일본 생활을 하면서도 늘 '한국 나가서 잘될 수 있을까?' 하는 불안감이 많았다. 그런 가운데 한국에서 오는 격려의 글과 편지는 엄청난 위안이 되었다.

지금처럼 인터넷이 발달한 것도 아니요, 전화가 발달한 것도 아닌 1991년, 문득 구봉서 선생님이 생각이 났다. 감사한 마음이 물씬 들어서 이메일도 없던 그 당시 손 편지로 안부 인사를 드렸다.

그런데 세상에 이럴 수가 장장 5장의 답장이 도착했다. 아마 코미디언 후배들 가운데 구봉서 선생님의 편지를 받은 사람은 나밖에 없으리라. 그래서 구봉서 선생님의 편지는 내게 평생 간직할 귀한 보물이 되었다.

지금 생각하니 그때 구봉서 선생님의 나이가 65세셨다. 나이 많은 선배님 앞에서는 언제나 재롱을 떨어도 되는 후배라서 행복할 때가 참 많았다. 항상 만나면 안아달라고 떼를 썼다. 배역 달라고 떼쓰는 것도 아니고, 나이 차이가 나도 아버지뻘이시니 뭐 어떤가.

"저 눔은 하는 짓이 구여워어~"

이 말을 자주 하셨는데 선배로부터 받는 칭찬 중에 이보다 더 큰 찬사가 어디 있겠는가.

정말 이제야 알겠다 싶은 것도 있다. 큰아이 돌 때의 일이니 1989년이었다. 그때는 돌 때뿐만 아니라, 코미디언실에서 신인상이라도 받으면 많은 선후배와 담당 PD를 집으로 초대해 정성껏 음식을 대접했다. 지금처럼 식당에서 사람들을 초대했더라면 아내들이 얼마나 편했을까 싶기도 하지만, 크게 방을 붙여 놓고 시간 되는 분들은 오셔서 식사라도 하고 가셔요, 하고 초대하던 그 시절이 더 정겹다.

당일 사람들이 많이 와 있는데 누군가 밖에 구봉서 선생님이 오셨다는 이야기를 전해 주었다.

"아니, 그래에?"

떴다! MBC 코미디언실의 최고 선배님이 뜨셨다. 나는 구봉서 선생님을 맞이하기 위해서 달려 나갔는데, 선생님은 환하게 웃으시면서 금반지 하나를 건네신 뒤 엘리베이터 쪽으로 향하셨다.

"그래, 그래. 축하한다. 나는 어디 가야 해서 들어갈게. 잘들 놀아라."

어쩔 줄 몰라 하는 나를 두고 엘리베이터 문은 닫혀버렸다.

많은 시간이 흘렀는데도 그 일이 어제 일처럼 눈에 선하게 그려지

2001년 요리 프로그램 촬영 당시 구봉서 선생님과 함께.

는 이유는 무엇일까? 왜 그러셨을까? 아직 그 나이가 되려면 더 시간이 있어야겠지만, 이제 나이가 들어가니 알 것도 같다.

정말 급한 일이 있으셨을 수도 있다. 그러나 많은 후배들이 어려워하니 자리를 피해주신 것은 아닐까. 아무리 후배들에게 편하게 하라해도 후배들은 말은 편하게 하는 듯하면서도 어려워하니 말이다.

설날이 되면 인사드리러 다니는 어르신들이 몇 분 계신다. 그중 구봉서 선생님을 찾아뵙기 시작한 것은 그리 오래 되지 않았다. 몇 년을 벼르다가 실천에 옮기기 시작한 것인데, 사실 처음 마음먹기가 힘들지 가벼운 마음으로 인사드린다고 생각하니 편안하게 찾아뵐 수 있었다.

5년 전 처음 찾아뵈었을 때의 일이다. 설날 아침이 되면 '코미디 역사의 산증인! 살아있는 전설!' 구봉서 선생님 집 앞은 난리가 날 줄 알았다. 그런데 구봉서 선생님 집 앞 풍경은 그저 조용했다. 어쩌면 평소보다 더 조용했을지도 모른다.

언제나처럼 밝은 얼굴로 맞아주신 구봉서 선생님은 특유의 웃음을 지으시며 끊임없이 유머를 구사하셨다. 특히 보청기를 쓰셔서 TV 소리가 유난히도 컸는데, 보청기 낄 나이가 되면 조금은 우울할 수도 있다고 생각했는데 전혀 개의치 않으셨다.

"야~ 선생님 보청기가 크네요~" 한마디 건네자,

"야~ 홍렬아, 이거 아주 잘 들려! 모기들이 이야기하는 것도 다

들려."

한 호흡도 안 쉰다. 변함없는 순발력! 호탕하게 서로 마주보고 웃고 나서 세배를 드린다. 나는 세배를 마치고 준비해 간 세뱃돈을 드렸다. 왜, 어르신들께는 아랫사람이 세배를 하고 세뱃돈을 드리는 것 아닌가. 구봉서 선생님께서는 의아하다는 듯 받으시고는 바로 알겠다는 듯이 봉투를 벌려 가운데에 바람을 훅 불어넣고, 봉투 안을 들여다보셨다. 그러고는 인상을 쓰시면서 목소리를 깔고는 한마디 하셨다.

"야, 너 이런 거 줄라면 (여기서 잠깐 쉰다. 코미디에 아주 오래 길들여진 것이다. 그다음에 웃음으로 한 방 쳐야 하기 때문이다. 강한 걸로. 그렇지 않으면 호흡을 안 주느니만 못하다. 그러고는 갑자기 아주 밝게) 자주~ 와라아."

건강의 비결은 그저 웃음과 유머를 잃지 않고 사는 것이 아닐까? 90세까지 정정하게 사시다 2016년 8월 27일 하늘나라로 떠나셨다. 워낙에 나를 이뻐해주셨던 분이 떠나셨으니, 눈물도 많이 흘렸고, 더불어 많은 추억들이 생각나는 것은 당연한 일이겠다.

정말 어려웠던 시절, 국민들에게 웃음으로 고단한 삶을 위로해주셨던 코미디언 구봉서 선생님. 수고 많이 하셨습니다. 그 시절을 기억하는 많은 이들과 함께 명복을 빕니다.

"어렵게 사는 코미디언들이 많다고

조의금을 받지 말라고 유언하셨답니다.

우리 모두 상갓집에는 빈손으로 가지 않습니다.

빈소를 찾아온 모든 이에게 조의금을 되돌려주셨습니다.

용돈을 주시고 떠나셨습니다."

촌철살인의 대가

"주소 불러 봐."

전유성 선배가 느닷없이 전화해 주소를 불러보라고 했다.

"네? 아니 왜요?"

늘 핵심만 딱딱 골라서 이야기한다.

"책 보내주게."

잊을 수 없는 통화였다.

공주영상정보대학 이벤트연출과에서 강의를 시작했을 때도 도움이 될 것 같다며 한 차례 책을 보내주셨다.

"너희들은 그런 선배 있니? 어느 날 후배에게 전화해서 책 보내준다는 선배 있니?"

내가 어딜 가든 기회가 있을 때마다 만나는 사람들에게 하는 이야기다. 자랑스러우니까.

그런데 자기 주소를 먼저 불러주는 선배도 있다.

"홍렬아."

"네, 선배님."

"내가 주소 불러 줄 테니까 거기로 네 이름으로 된 화환 하나 보내 다오. 내 처남이 술집을 오픈했거든. 알았지?"

"아, 네…. (싫은 눈치 못 채게) 어디로 보내면 될까요?"

전유성 선배는 항상 책을 가까이 한다. 침대에 한 권, 화장실에 한 권, 거실에 한 권, 서재에 한 권씩 놔두고 그 자리에 있을 때마다 책을 읽는다고 했다. 그 상황이 좀 의아했는지 한 후배가 물었다.

"형, 그렇게 읽다 보면 헷갈리지 않아요? 영화도 하루에 여러 편 보다 보면 주인공이 어디에 나왔는지 헷갈릴 때가 있잖아요? 그러니까 책은 한 권 완전히 읽고 나서 다음 책을 읽어야 한다고 생각해요."

그러자 전유성 선배는 간단하게 일축했다.

"그건 책을 안 읽어 본 놈들이 하는 이야기야."

한 개그맨이 재미있다며 전유성 선배 앞에서 개그를 했다. 그러면서 한마디 했다.

"형님, 이거 제가 처음 만든 개그예요."

전유성 선배가 뭐라 했는지 아는가? 이렇게 이야기했다.

"내 입에서 나와서 너한테 듣는 데까지 5년 걸렸어."

전유성 선배의 아버님이 돌아가셨다. 문상을 마치고 돌아가는 나를 불러 세우더니 한마디 하셨다.

"고맙다. 너희 아버지 돌아가시면 꼭 갈게."

"우리 아버지 돌아가셨는데요."

"그럼 여기까지 온 거리만큼 무슨 일이든 꼭 갈게!"

전유성 선배와 딱 한 번 단둘이 술자리를 한 적이 있다. 아마 본인은 기억도 못 할 것이다. 처음으로 그렇게 술자리를 가지니 설레기까지 했다. 그런데 맥주잔에 소주를 연거푸 두 잔 마시더니 같이 마신지 10분이나 되었을까? 특유의 음성으로 "나 갈게" 하고 나가시는 거였다. 나는 정말 화장실 가시는 줄 알았다. 그런데 그게 그냥 간 거다.

지금은 지치고 힘들어서 하고 싶어도 잘 안 되지만, 난 웬만하면 끝까지 남아서 자리를 지키는 스타일이다. 그런데 나처럼 황당한 경험을 한 이가 한둘이 아니며 그 에피소드들도 엄청나게 많고, 지금도 수없이 생겨나고 있다.

예전에 코미디언 선배님 중에 만날 때마다 야단을 치는 분이 계셨다.

"넌 인마, 전화도 한 통 안 하고. 너, 연락 안 할 거야?"

그게 계속 반복되다 보니 나는 '이거 만날 때마다 이렇게 야단을 맞아야 하는건가? 왜 내가 날마다 안부 전화를 해야 하는가? 그럴

만큼 그 선배가 나를 보살펴주신 분이신가?' 하고 속상해졌다.

그럴 무렵, 전유성 선배가 전화 안 한다고 후배들에게 짜증 내는 선배들에게 한마디 했다.

"선배도 후배가 보고 싶으면 먼저 전화하면 되는 거지이~ 왜 꼭 후배가 먼저 전화해야 하는 거야아?"

그 말을 듣고 후배 마음을 헤아려 주는 선배가 있다는 것에 정말 기뻤다. 어린 후배에게도 보고 싶으면 먼저 전화하는 선배. 실제로 나한테도 먼저 전화한 적이 한두 번이 아니다.

"야, 홍렬아. 서울 왔다가 그냥 전화했어. 끊는다."

"홍렬아, 와인 한잔 사 줄게. 홍대인데 나올 수 있니? 바쁘면 그냥 일봐."

전유성 선배의 딸, 전제비 양은 정말 귀엽고 생각이 바른 아이라서 많은 코미디언 후배들이 예뻐한다. 결혼을 한다는데 스케줄 때문에 결혼식에 참석할 수 없어서 예비 신랑과 신부를 미리 불렀다. 나는 당시 운영하던 햄버거집에서 식사 대접을 하고 축의금을 건넸다. 그리고 뭐 하나 건져볼까 하고 제비에게 슬쩍 물어보았다.

"제비야, 아빠하고 있었던 일 중에 뭐 재미있는 거 없니? 하나 써먹을 수 있으면 써먹게."

제비는 잠깐 생각하는 듯하더니 하나 떠올랐다고 말했다. 나는 바로 기대 만발이었다.

"어릴 때 저는 CSI에 무척 관심이 많았어요. 그래서 하루는 아빠에게 물어봤지요."

"뭐라고?"

"'아빠, CSI에 들어가려면 어떻게 해야 돼요?'라고요."

CSICrime Scene Investigation가 어디인가? 미국 수사 드라마로 유명한, 최첨단 장비와 과학적인 분석을 통해 사건을 해결하는 곳이다. 아마 보통의 아빠라면 이렇게 이야기했을 것이다.

"우리 제비가 CSI에 관심이 많구나. 거기에 들어가려면 공부 엄청 해야 돼. 과학, 의학, 법학 수사…. 공부할 게 엄청나다."

그러나 제비의 아빠인 전유성 선배는 그렇지 않았다. 제비의 한마디에 난 빵 하고 터졌다.

"아빠, CSI에 들어가려면 어떻게 해야 돼요?"

아, 정말 촌철살인의 대가답다.

"간단해. 시체가 되면 돼."

항상 바른 생각을 갖고 있는 발상 전환의 대가 전유성 선배는 남의 욕은 안 할까? 한다. 근데 꼭 욕먹을 인간에게 하니까 듣는 사람 속이 다 시원하다.

나는 어긋나는 후배들을 참고 보는 것이 힘들다. 그래서 전유성 선배가 행실이 바르지 못한 개그맨들을 욕할 때면 신이 난다. 그러고는 같이 거든다. 누가 봐도 그 후배의 행동은 틀림없이 잘못 되었으니까. 외상을 하고 도망 다닌다거나 주위에 좋지 않은 행실을 보인다거나.

한번은 용산의 금은방 앞을 지날 때였다.

"이홍렬 씨, 저 좀 봐요."

웃으며 부르니 반갑지 않을 수가 없었다. 다가가서 인사한 것까지는 좋았는데, 갑자기 누구나 알 만한 개그맨 이름을 대면서 후배 맞느냐는 거였다. 그렇다고 했더니, 몇 년을 상습적으로 금반지를 해가더니 소식이 없다는 것이었다. 그 후배를 보면 돈 좀 갖다 달라고 전해달라고 하셨다. 이런 이야기에 화가 나지 않을 선배는 없다.

그날도 그런 식의 후배 이야기였다. 한참을 신나게 도마 위에 올려놓고 욕을 하고 있는데 공교롭게도 당사자가 나타난 것이었다.

'이럴 수가….'

참 난처했다. 한술 더 떠서 그 후배는 또 누구에게 들었는지 한마디 했다.

"형, 내 욕하고 다닌다면서요?"

보통 이런 상황이면 약간 발뺌하려는 심리가 있다.

"글쎄, 뭐 꼭 욕을 했다기보다… 그냥 너에 대해 맘에 안 든 한두 가지를…. 사람이 다 한두 가지는 있지 않겠니?"

2014년 전유성 선배님과 함께.

이런 정도로 넘어가는 것이 다반사다. 그러나 우리의 전유성 선배는 그렇지 않았다. 짧고 굵었다.

"으응, 그래. 네 욕했어. 너도 내 욕하고 다녀!"

그 순간 나도 꼭 한 번 써먹어야겠다고 다짐했다.

전유성 선배가 환갑잔치를 한다고 해서 그냥 생일 파티라고만 알고 마포에 있는 한 호텔로 갔다. 접수대에는 그동안 선배가 써 왔던 책과 행운권 추첨함이 놓여있었다.

연예인들이 잔칫집에 갈 때면 보통 각오해야 할 것들이 있다. 우선 축의금, 그리고 노래 일발 장진이다. 그래서 연예인들은 그런 곳을 '돈 내고 노래 부르는 곳'이라고 표현한다.

물론 좋은 분들 찾아뵙고 즐겁게 한 무대에서 축하해주려고 오는 것이다. 그러나 어떨 때는 노래를 불러야 하나 말아야 하나 망설여질 때가 있고, 정말 무대에 올라가기 싫은 날도 있다.

그러나 전유성 선배의 환갑잔치는 달랐다. 하객 단 한 명도 무대에 올라가게 하지 않았다. 대신 무대에서 다른 팀이 공연을 했다. 아크로바틱팀의 곡예쇼, 마술팀의 공연이 이어지고, 객석에서는 수많은 개그맨과 연예인 후배들이 편안하게 공연을 관람하며 와인 한 잔과 즐거운 수다를 나누었다.

아주 오래전, 고등학교 선생님께서 환갑잔치 때 손님들께 직접 쓰신 책을 선물하는 것을 인상 깊게 봤다. 그리고 나이가 들어 전유성 선배의 환갑잔치에 다녀온 후 나는 다짐했다.

'나도 유성이 형 나이가 되면 해야겠다. 꼭 책 한 권 써서 많은 분들을 초대할 거야.'

그 뒤에 전유성 선배에게 구체적인 이야기를 했다.

"나 할 거예요. 오실 거죠?"

"쟤는 나를 멘토로 생각하나 봐~"

전유성 선배는 현재 청도에서 '코미디철가방극장'을 운영하고 있다. 코미디철가방극장은 공연과 강의는 물론 미래의 스타를 발굴·육성하는 코미디 사관학교로 불린다. '코미디도 자장면처럼 배달한다'는 새로운 개념의 출장 콘서트를 하는 등 기발함이 넘쳐나는 극장이다.

특히 내가 초창기에 MC를 보기도 했던 〈개나소나 콘서트〉를 매해 열고 있는데 갈수록 성황이다. 그 콘서트는 애완견과 주인이 함께 즐기는 공연인데, 작년에는 나도 우리 집 진돗개 사월이와 함께 참석해서 즐거운 시간을 가졌다.

누구나 멋지게 하고는 싶지만 엄두를 못 내는 일들이 있다. 그런데 중요한 것은 전유성 선배는 우리가 하고 싶었던 것들을 실제로 하고 있다는 것이다. 개인의 이익을 위함이 아닌 진정 후배들을 위해서 이만큼 일을 펼쳐 보인 선배가 누가 있는가. 바른 생각을 갖고 있는 선배는 참 존경스럽다. 그렇게 앞장서면서도 후배들에게 부담 줄까 봐 말도 제대로 안 하는 성격이다. 그래서 많은 후배들이 따르는 것 같다. 전유성 선배는 참 많은 후배들을 키웠는데 그 모습을 보면 '나는 무엇을 했는가' 하는 생각에 많이 부끄럽다.

코미디철가방극장에 가면 내 이름이 새겨진 의자가 있다. 초창기에 극장이 재정적으로 힘든 상태에서 '맨땅에 헤딩'식으로 꾸려 나갔는데, 그때 후배들이 후원금을 내면 의자에 이름을 새겨 주었다. 그 사실을 뒤늦게 알고 간신히 참여해 나도 내 이름이 새겨진 의자를 갖게 되었다. 엄청 기뻤다. 그리고 이듬해 만났을 때 내 의자 소식이 궁금해서 물었다.

"형, 내 의자 잘 있지요?"

역시 짧고 굵게 한마디 하셨다.

"야, 너 그거 유효기간 있어~"

듣고 빵 터지기는 했는데 어째 불안했다. 개그맨 후배들이 존경할 만한 일들을 엄청 많이 실천하고 있는 전유성 선배, 개그맨 1세대, 개그맨들의 대부, 바로 전유성 선배님이다. 그 썰렁하다는 아재 개그도 이 분의 입을 통하면 빵 터진다. 특히나 특유의 톤이 재미를 가중시킨다.

"형, 사도세자 보셨어요?"

"사도가 왜 세 자야 두 자지~"

"바른 생각을 갖고 있는 선배가 좋다.

아니, 좋은 게 아니라 존경스럽다.

당신은 지금 누가 떠오르십니까?"

초록우산 어린이재단

　돌이켜보면 정말 운이 좋았다. 사회복지기관 〈초록우산 어린이재단〉과의 인연 이야기이다. 후원 30년, 홍보대사 20년이면 어디 가서 슬쩍 명함 내밀만 하지 않은가. 그런데, 내가 이럴 줄 알고 시작했겠는가? 내가 나중에 칭찬 많이 받으려고 준비했겠는가? 아니다. 그냥 나도 모르게 말려들어 이만큼 '나눔 역사'가 쌓였으니, 정말 운이 좋았다는 이야기이다.

　사실 사회복지기관과의 인연은 언제 시작해도 절대 늦는 건 아니다. 그러나 역사가 길면 아무래도 폼 나지 않겠는가? 30년 가까이 지속적으로 맺어 온 후원자이자, 홍보대사로서의 인연은 어디에 비할 데 없이 소중한 나의 기쁨이다. 그 인연은 1986년에 다가왔다.

　1986년 어느 날, 나는 〈초록우산 어린이재단〉에서 주최하는 소년소녀가장 돕기 행사에 MC로 초청을 받았다. 아이들이 제법 좋아해 주었기에 유쾌하게 행사를 마쳤다. 어린이재단 관계자와 인사를 하고 가려는데, 수고했다면서 하얀 봉투를 내미셨다. 사실 그날 행사에 내가 얼마를 받기로 하고 출연한 것은 아니었다. 무엇보다 사회복지 기관의 행사이며, 소년소녀가장을 위한 행사였으므로, 그저 양심상 돈을 받아서는 안 된다고 생각하고 왔었다.

그러나 생각했던 것과는 다르게 내 손은 벌써 봉투를 받았고, 입으로는 "괜찮은데…"했지만 돈은 이미 안주머니에 안착했다. 집에 와서 봉투를 열어보니, 당시로써는 큰돈인 10만 원이 들어있었다.

몹시 후회했다. '나도 어렵게 자라온 놈인데….' 나를 책망했다. '나도 가난이라면 어디 가서 안 빠지는데….' 무척 속상했다. '소년소녀가장을 위한 자리에서 돈을 받아 오다니….' 바보 바보 바보….

많은 후회 끝에 받은 돈을 되돌려줄까 하다가, 도대체 그 재단이 뭐 하는 곳인지 찾아보기 시작했다. 국내 어려운 어린이들을 위해 활동하는 사회복지기관일뿐더러 일단 후원회장이 믿을 만한 재단이었다. 우리들의 아버지. 바로 최불암 선배님이시다. 신뢰감이 100퍼센트 들었고, 나는 출연료로 받은 그 돈을 돌려줄 것이 아니라 어려운 아이들과 일대일 결연을 맺어 아이들의 정기후원자가 되기로 작정했다. 그래서 즐거운 마음으로 강원도 어린이 1명, 제주도 어린이 1명을 후원하기 시작했고, 이듬해 제주도로 신혼여행을 가서 후원하는 여자어린이를 만나기도 했다. 보람이 있었다. 그러다보니 기왕하는 거 한두 명 더 늘려보자 라는 생각을 했는데, 그 수가 많아지다 보니 국내외 어린이로 늘어났다. 칭찬도 받고 재밌었다. 왜, 칭찬 받으면 신나지 않는가? 그리고 그 칭찬에 나 또한 멈출 수가 없었다. 그래서 그것을 30년 가까이 해오고 있고, 오늘에 이르렀다.

〈이홍렬쇼〉가 한창이던 1998년, 콘서트 〈아일비백〉 무대에서 나는 어린이재단 '홍보대사'로 위촉을 받았다. 뭘 보고 나를 홍보대사를 시켰는지 모르겠지만, 그 홍보대사 위촉을 계기로 〈초록우산 어린이재단〉에 대해서 많은 것들을 배우게 되었고, 본격적인 '나눔 활동'에 동참하게 되었다.

사회복지 기관의 투명성은 두말할 것 없이 굉장히 중요하다. 내가 보낸 후원금이 정말 내가 돕고 있는 아이에게 정확하게 전달되는 것. 그보다 중요한 것은 없다. 이것이 투명하지 않으면 최불암 회장님과 내가 제일 먼저 손을 잡고 나갔을 것이라고, 나는 뼈 있는 농담을 하곤 한다.

투명성에 관해서는 자랑스럽게 이야기할 뉴스가 있다. 〈초록우산 어린이재단〉은 매년 공인된 회계법인을 통해 후원금 운영의 투명성을 검증받고 있는데, 2003년에 감사를 나온 분들이 재단의 투명성에 감동해 자신들의 연봉 일부를 자율적으로 꾸준히 기부해 뉴스에 보도된 적이 있다. 오랜 세월 최불암 회장님과 이홍렬이 홍보대사로 일할 수 있는 것이 바로 이 투명성 때문이다.

〈초록우산 어린이재단〉은 68년의 오랜 역사를 갖고 있다. 1948년 미국은 한국에 〈CCF(Christian Children's Fund)〉 한국 지부를 창립해 전쟁고아들을 돌보면서 어린이들을 위한 복지사업을 본격적으로 시작하였다. 그런데 1980년대에 들어오면서 우리나라 경제가 급속도로 발전하자, 미국 〈CCF〉는 지원을 종결했다. 쉽게 이야기하면 "당신들은 이제 우리가 도와주지 않아도 됩니다. 이제는 세계 어려운 나라의 아이들을 함께 도우면서 스스로 재단을 운영해 나가세요"라는 이야기가 되겠다.

그 이후 국내 순수 민간기관으로 자립했고, 이름을 몇 번 바꾸다가 〈초록우산 어린이재단〉으로 정착하게 되었다. 국내 아동뿐 아니라 해외의 어린이들도 지원하게 되었으니, 이름이 바뀐 것은 어쩔 수 없는 일이긴 했다. 하지만 오랜 역사에도 불구하고 자주 이름이 바뀐 탓에 그 존재감을 사람들에게 충분히 심어주지 못했다는 안타까움도 든다.

아무튼 이제 〈초록우산 어린이재단〉의 역사 한 귀퉁이에 내가 있다. 나눔은 하고 싶은 것을 다 하면서도 할 수 있는 신나는 일이라는 것을 〈초록우산 어린이재단〉과 함께 해오면서 번번이 느낀다. 그동안 내가 받은 칭찬을 반드시 함께 나누고 싶은 사람들이 있다. 바로 〈초록우산 어린이재단〉 직원과 누가 시키지도 않아도 열심히 뛰어다니며 후원자 개발에 함께 애쓰고 있는 전국 후원회 모임 사람들이다.

이들의 진정한 어린이 사랑은 나눔 봉사활동을 끝낸 뒤에 갖는 '뒤풀이'에서 느낄 수 있다. 뒤풀이에서도 서로를 위로하면서 언제나 어린이 돕는 이야기만 나눈다. 아무리 술을 마시고 취해도 결국은 나눔 이야기만 밤새도록 한다. 그렇다고 이들이 나처럼 칭찬을 많이 받는 것도 아니다. 옆에서 보고 있으면, 이들보다 제대로 못하면서 생색은 내가 다 내는 것 같아 부끄러워진다. '아… 이들은 정말 중독이구나. 나눔 중독이라는 게 이런 거구나' 깊이 느끼며 나는 더욱더 동참을 다짐하게 된다.

뒤풀이의 마침표는 무엇일까? 역시 칭찬이다. 다음에 더 잘하라고, 다음에는 서로 더 잘하자고. 서로 다독거려주는 자리인 것이다. 어린이재단에는 정말 칭찬해주고 싶은 사람들 천지다. 어린이재단 전 직원, 전국 어린이재단 후원회 회장 및 회원들. 이들은 눈만 뜨면 어려운 아이들이 없는 세상을 위해 분주히 움직인다. 특히, 전국의 후원회분들은 자기 돈 써가면서 바삐 움직이니, 칭찬해주고 싶지 않겠는가?

한 신문의 칼럼을 보니 이런 글이 실려 있어 너무 반가웠다. 내 마음이었다.

세상은 종종 너무 많은 것을 바라는 것 같다. 일반적으로 사람들은 그냥 착한 '행동' 그 자체에 만족하지 않고 진심으로 착하기까지 바란다. 남을 도울 때도 순수하게 아무런 사심 없이 어떠한 이득을 기대하지도 않고, 심지어 자신의 손해를 감수해 주길 바란다. 그래야 진짜 가치를 인정받는다. (…) 좀 티 내면서, 자랑하면서 한껏 뽐내고, 세상의 인정을 받으면서 착한 일 하면 왜 안 되나? 우리 사회에는 진정으로 순수한 이타심에서만 비롯된 완벽한 선행과 도움만으로는 턱없이 부족한 많은 어려운 사람들과 상황들이 있다. 사회적으로 보면 이기적인 마음에서 시작된 이타적 도움도 감사하고 필요하다. 너무 어렵게 만들어 놓은 칭찬의 기준은 오히려 적당히만 착한 대부분의 사람에게 무기력감만 준다. (…) 선행도 그렇게 좀 쉽게 해주자. 순수하건 아니건, 크건 작건 할 수 있는 한 그냥 최선을 다하라는 메시지를 줘야 한다. 그래야 우리 사회에는 기업과 기업인들, 가진 자들이 사심이 가득한 선행을 훨씬 더 많이 할 거다. 우리 사회는 아직 도움을 가려서 받을 만큼 여유롭지는 않기 때문이다.

_허태균 고려대 심리학과 교수, 〈착각과 경영〉, 《조선일보》, 2014. 03. 22.

참으로 고마우신 교수이시다. 아, 역시 심리학과 교수셨군요.

처음 재단에서는 꾸준히 후원하는 나를 틀림없이 고마워했을 것이다. 그리고 나도 홍보대사를 시작할 때까지만 하더라도 어린이재단이 나에게 엄청 고마워해야 한다고 생각했다.

그러나 지금은 나에게 있어서 정말 고맙기 이를 데 없는 곳이 재단이다. 나이 들고 보니 어린이재단에서 '지나온 그 세월'이 고맙다. 내가 겪어본 것이니 권해드린다. 나이 들어서 제대로 약속된 운을 맞이하고 싶다면, 눈 딱 감고 한 달에 단 돈 만 원이라도 사회복지기관에 기부하면서 (초록우산 어린이재단이면 더 좋다) 슬쩍 발을 걸쳐놓으시라. 연금만 나오게 준비하는 것이 노후대책이 아닙다.

나는 앞으로 더 나이가 든다 해도 낯익은 전국의 수많은 초록우산 어린이재단 직원, 후원자들과 함께 정말 익숙한 분위기 속에서 편안하고 즐겁고 신나게 봉사할 수 있다. 더군다나 오래 해온 경력 덕분에 '홍보대사'라고 대우도 받는다. 그래서 정년퇴직 없이 즐겁게 나눔 봉사할 수 있는 곳이 바로 〈초록우산 어린이재단〉이다.

"나눔 봉사는 처음에 하기가 정말 어렵다.
근데 일단 하면 멈추기도 어렵다."

1998년 어린이재단 홍보대사 위촉식 때.

아프리카의 환한 웃음

도대체가 이 아프리카는 한 번만 다녀와도 후유증이 3개월을 간다. 내가 무슨 박애주의자인가? 아니다. 선교사인가? 아니다. 나는 남보다 희생정신이 투철한 사람도 아니지만, 아프리카만 한 번 다녀오면 밥 먹을 때마다 눈에 아른아른거린다. 그도 그럴 것이 볶은 커피껍데기를 뜨거운 물에 우려내 하루 한 끼만 겨우 먹는 애들을 보고 왔는데, 어떻게 안 그러겠는가?

"세계 인구 70억 가운데 밥이라도 먹는 인구가 4분의 1, 굶어 죽어가는 인구가 4분의 3이고, 평균 24초마다 한 명이 굶어 죽고 있다. 4분의 1은 배가 불러죽고, 4분의 3은 배가 고파 죽는다."

_민걸,《목사님, 돈에 대해 질문있어요》중에서

이 말은 '못 먹는 사람들에게 조금만 나눠주면 된다'라는 이야기이다. 아, 나만 해도 배불러 죽겠다는 이야기를 매 끼니때마다 밥 먹듯이 하고 있다. 그리고 매 끼니때마다 음식이 남는 걸 바라본다. 그렇다고 지금 당장 남은 음식을 포장해 아프리카로 갈 수는 없지 않은가? 안 그런가? 그러니 아른거린다는 것이다.

나는 아프리카를 두 번 다녀왔다. 두 번째로 방문한 곳은 2016년 3월에 간 에티오피아였다. SBS 〈희망 TV〉와 어린이재단이 힘을 모아 아프리카 및 제 3세계 빈곤국가를 지원하는데, 그 행선지를 에티오피아로 정한 것이다. 그것은 그간 나로 인해 에티오피아 후원어린이가 20여 명이 모였기 때문이기도 했다. 이 이야기는 아프리카 남수단에 다녀온 이야기를 하지 않으면 안 되고, 남수단 이야기는 국토종단 이야기를 하지 않으면 안 된다.

2012년 들어서면서 나는 버킷리스트 중에 하나였던 국토종단을 실행에 옮기기 위해 매일매일 걷기 연습을 하였다. 그런데 내가 누구인가? 개그맨인데 아이디어가 없으면 되겠는가? 나의 버킷리스트에 있는 국토종단만 이룰 게 아니라 어린이재단과 손을 잡고 기금을 마련하면서 걷는 것은 어떨까? 하는 생각을 했다. 그래서 함께 하자는 아이디어를 냈고, 어린이재단은 당연히 만세를 불렀다(어린이재단이 나보고만 걸으라고 할 수는 없지 않은가? 부산에서 서울까지 걷는 일인데 그러다 사고라도 나면 어쩌려고…).

나의 버킷리스트도 이루고 어려운 어린이도 돕고자, 1억 원을 목표로 걷기 시작했던 국토종단은 2012년 5월 5일, 부산 해운대를 출발하여 경남 김해-진영-창원-밀양-청도, 경북 대구-칠곡-구미-김천, 충북 영동-옥천-대전-청원-청주, 충남 천안, 경기 평택-오산-수원-안산-시흥-인천-구로를 거쳐 한 달 만인 6월 4일에 시청 뒤에 있는 어린이재단에 도착했다. 얼마나 기금이 모였을까? 1억 원 목표에 무려 3억 원이나 걷혔다. 우리나라 국민의 힘이며 정이며 사랑이었다.

그런데 서울에 도착할 즈음, 기부금으로 자전거를 마련해서 아프리카에서 제일 어려운 남수단을 다녀오라는 이야기가 나왔다. 그래? 아프리카는 생각지도 않았는데…. 까짓것 가는 김에 가자! 하여 수원 근처에서 예방주사를 맞고 걸었다. 서울에 도착하여 "해냈구나 해냈어~ 정말 부산에서 계~속 걸으니까 서울이 나오긴 나오네~ 610킬로미터를 내가 걸었어! 걸었다니까아~"라는 기분 느낄 새 없이, 자전거 2600대중 200대를 먼저 갖고 신나는 칭찬과 박수를 뒤로하고 아프리카 남수단으로 향했다.

여기서 잠깐! "국내 어린이도 어려운데 무슨 아프리카 어린이까지 돕느냐?" 이런 질문을 하는 분이 계시다면 대답하려고 준비해둔 말이 있었다.

"그건 국내 어린이도 도와본 적이 없는 분들이 하는 질문입니다."

거짓말 같이 단, 한 번도 준비한 대답을 말해볼 기회가 없었다.

TV에서 봐왔던 것처럼 아프리카 남수단에는 정말 먹을 게 없었다. 남수단 아이들은 구정물을 뜨러 4킬로미터에서 10킬로미터를 다니느라 온종일 아무것도 하지 못한다. 그래서 자전거를 보내주면 빨리 물을 뜨러 다녀오고, 남는 시간에 공부를 하거나 일을 해 자립할 수 있다고 한다. 이것이 어린이재단의 드림바이크운동의 취지이다. 우리도 예전에 자전거 한 대가 그 집안의 전 재산이었던 시절이 있지 않았던가?

내가 보낸 자전거를 먼저 시범적으로 탔던 모세수라는 아이를 만났는데, 그 아이에게 자전거를 준 사람이 나라고 소개하자 수줍어하면서 그리고 고마워하면서 두 가지 이야기를 내게 했다. 하나는 "자전거를 줄 정도이면 키가 클 줄 알았다"이다. 허긴 좋은 일은 키다리 아저씨가 다하지 않든가? 두 번째는 "당신은 키는 작지만 마음이 크군요. 내가 당신을 잊지 않을 터이니 당신도 나를 잊지 마세요"라는 말이다. 세상에 무슨 애가 그런 말을 해서 내 발목을 이렇게 잡니 그래~

맞다. 나는 발목 잡혔다. 왜냐하면 나는 그 이후에 에티오피아라는 나라에 꽂혔기 때문이다. 에티오피아는 6·25 전쟁 당시 한국을 도와준 나라가 아닌가? 익히 배워서 알고 있는데 기가 막히다. 어떻게 지구 반대편에 있는 나라가 우리나라까지 와서 도움을 준 걸까? 그런데 왜 에티오피아는 지금도 계속 어렵게 살고 있는 걸까? 한국에 돌아와 이런 생각을 하고 있었을 때였다. 주례 볼 나이라고 주례가 들어왔다.

그러나 나는 주례를 보고 싶지 않았다. 나이든 것 같아서…. 그런데도 후배들이 자꾸만 나를 찾아왔다. 물론 마음은 고마웠지만, '내가 벌써?' 하는 생각에 거절했다. 그러던 중 가수 김창렬까지 찾아와 개그맨 한민관의 결혼식 주례를 봐달라고 부탁했다. 도저히 거절할 수 없어 곰곰이 궁리했다. 내가 누군가? 아이디어만 찾는 개그맨 아닌가?

또 한 번 아이디어를 위해 머리를 굴려보았다. 찾았다. 자꾸 물고 늘어지면 뭔가 떠오르긴 떠오른다. 주례를 볼 터이니, 나한테는 아무 선물도 하지 말고, 아프리카 에티오피아 어린이 한 명을 후원하라는 멋진 말(?)을 했다(그렇게 이야기하는데도 술 한 병이라도 들고 오는 신랑신부가 있다. 그러면 받긴 받는다). 신랑 신부는 물론 양가 집안 모두 즐거워했다. 심지어 양가 어르신들이 따로 후원하는 경우도 있었다. 그러다보니 후원자가 한 명 두 명 점점 늘어났고, 주례 보기를 꺼렸던 나도 슬슬 주례 보는 게 신이 났다. 어느새 후원받는 에티오피아 어린이가 20명이 넘었다.

그 덕분에 나는 아프리카에 다녀온 지 4년 만인 2016년 3월에, 꼭 가고 싶었던 에티오피아에 다녀오게 되었다. 아프리카 어린이들을 직접 보고 느끼고 오게 되면, 일상생활에서 웬만큼 불편해서는 불만

2012년 6월 4일 부산에서 서울까지
국토종단 완주.

2012년 6월 15일 아프리카 남수단 보르A 학교에
자전거 200대 전달식.

2016년 3월 에티오피아 친구들과 함께.

이 나올 수 없게 된다. 그저 모든 것이 감사하다는 생각이 절로 들게 되며, 그저 웬만~하면 행복한 줄 알게 된다.

정말 미안하게도 뒤늦게 춘천에 있는 에티오피아 한국전 참전기념관과 용산 전쟁기념관을 다녀왔다. 에티오피아는 6·25 전쟁 당시 6,037명을 파병했으며 121명이 전사했고, 536명이 부상을 당했다. 그래서 새로운 목표는 내 인생 마칠 때까지 121쌍 주례를 보고, 혼자서 536명의 후원자를 개발하는 것이다.

"전혀 알지도 못하는 나라,
한 번도 만난 적이 없는 국민을 지키라는 부름에 응했던
그 아들, 딸들에게 경의를 표합니다."

_전쟁기념관에서 본 기억에 남는 문장

FUN DONATION

국토종단도, 아프리카 방문도 순전히 어린이재단과의 만남에서 나온 아이디어의 결실이다. 이것이야말로 개그맨에게 내린 축복이 아닐까? 우리 개그맨들은 늘 아이디어와 싸워야 하는 직업이며, 그것이 일상에 녹아있으니까….

12년의 역사를 갖고 있는 자선음악회 〈이홍렬의 락락페스티벌〉도 아주 자그마한 아이디어에서부터 시작되었다. 어린이재단 김진 씨와 이것저것 의논하다 나온 이야기였다.

"무대를 1년에 한 번 정도씩 꾸며보는 건 어떨까? 내가 MC를 보고, 아는 가수들에게 무료 출연을 부탁해서 자그마한 음악회를 여는 거야. 그리고 거기서 얻어진 수익금을 어린이재단에 기부하는 거지. 500만 원이라도 걷히면 그게 어디야, 응?"

2005년 하반기 제1회 〈이홍렬의 락락페스티벌〉에는 가장 편한 중학교 동창 전영록부터 꼬시면서 섭외가 이루어졌다. 내가 한 일이라고는 고작 섭외와 MC가 전부였다. 수많은 가수들이 나의 꾐(?)에 빠져 재능 기부로 출연해주었고, 이렇게 12년 해오면서 수많은 가수들과 함께 11억 원이 넘는 돈을 어린이재단에 기부하게 되었다. 이거야말로 즐거운 기부, FUN DONATION 아니겠는가?

자그마한 아이디어가 이렇게까지 이어지고 있다는 게 정말 신기하다. 이외수 선생님은 매해 그림을 한 점씩 기증해주시고, 〈귀곡산장〉을 만들어 나를 할머니 캐릭터로 만들어준 이응주 PD는 연출을 봐주면서 행사가 안정적으로 자리 잡을 수 있도록 도와주었다.

또 하나의 FUN DONATION이 있다. 바로 기부 특강이다. 나는 시간이 날 때마다 재능 기부로 기부 특강을 하러 다닌다. 기업에서 어린이재단에 기부금을 내거나 일대일 결연후원신청의 의사를 보이면 시간을 맞춰서 출동하는 것이다. 나는 강연에 오신 분들이 졸지 않고 재미있게 들을 수 있도록 강연할 자신이 있다. 개그맨인데 그거 하나 못하면 되겠는가.

왜 우리는 어려운 환경에 처한 아이를 돕고 살아야 하는가? 우리나라에 도움이 필요한 이웃은 얼마나 될까? 어려운 어린이는 얼마나 될까? 기부금은 어떻게 쓰이고 어린이재단은 어디에 있으며 회장은 누구인가? 가난이 무서운 이유는 무엇 때문일까?

강연에 오신 분들에게 이런 질문들을 던지기도 한다. 이에 대한 답은 가난은 죄가 아니지만, 수준 높은 교육과 좋은 생활 환경을 누리지 못하면 가난이 가난을 낳게 된다는 것, 가난이 가난을 낳지 못하게 하려면 가난한 아이들을 돌봐주고 희망을 주어야 한다는 것이다.

나는 강의를 통해 이러한 이야기들을 퀴즈와 게임을 곁들이면서 즐겁게 소개한다.

사실 10년 전까지만 해도 내가 홍보대사로서 하는 일은 기부금 전달식 참석, 사인회, 자선바자회가 대부분이었다. 처음 〈초록우산 어린이재단〉의 김진 소장이 나에게 기부 특강을 해보라고 권유했을 때, 사실 나는 하고 싶지 않았다. 기부에 대한 강의일지언정 웃음을 주어야 한다는 부담이 있었기 때문이다.

오랜 시간 고민을 하다 기부 특강을 하기로 결심한 후, 본격적으로 〈초록우산 어린이재단〉의 기본 업무 및 복지 현황 등에 대해 재단 직원에게 배우고, 개그맨으로서 반드시 있어야 할 웃음을 많이 집어넣어 강의 대본을 만들었다.

재미있게 강의를 하고 웃으면서 듣는 가운데 나도 즐거운 기부에 계속해서 발걸음을 내딛게 된다. 이것이 'FUN DONATION'이다. 기부 특강의 결론은 '바로 지금'이다. "좋은 일은 지금 바로 해야지 이다음에 돈을 벌면 그때 해야지" 하면 늦는다. 아니, 강아지 키울 때는 죽을 때까지 같이 해야 한다면서 사람을 돕는 일은 하다가 그만두거나 나중에 하면 되겠는가? 나누어 주어 망했다는 사람 봤는가? 단 한 사람도 못 봤다.

2007년에 100회를 목표로 시작한 기부 특강은 2016년 7월 드디어 100회를 돌파했다. 9년의 세월이 걸렸다. 물론 100회 목표는 이루었지만 내 입이 살아있는 한 주~욱 간다.

꿈이 있다. 초록우산 어린이재단 홍보대사를 하면서 세운 나의 기록을 아무도 깨지 못하게 하고, 나의 인생무대에서 내려오는 것이다.

"도전자여!!!
일단 부산에서 서울까지 걸어오고 나서 이야기하자.
푸하하하하하하….."

2016년 11월 나주에서 열린 제12회 〈이홍렬의 락락페스티벌〉 자선음악회.

마무리하며

정말 감사한 일투성이다. 누구나 똑같이 태어나서 각자 주어진 시간을 살아간다. 그런데 복도 많지, 개그맨으로 인생을 살았다. 말이야 바른말이지 어디 개그맨만 한 직업이 있을까? 어떤 사람은 열심히 살아가고, 또 어떤 사람은 천성이 그런지라 어영부영 살아가기도 한다. 어영부영은 제쳐두고, 정말 열심히 열심히 살아가는데도 불구하고 운이 따르지 않는 건지, 뭔가 잘되지 않는 경우도 있다. 그런데 열심히 살아가는데 열심히 산 그 이상으로 보답을 아주 많이 받았을 때야말로 그 가슴 벅참은 말로 표현하기 힘들 정도다.

이렇게 연예계 생활을 38년 동안 해오면서 그런 사랑받기가 어디 쉬운 일인가 말이다. 특히나 나이가 드신 분일수록 마치 어제 만난 사람처럼 반갑게 반겨주신다. 그 험한 연예계에서 큰 탈 없이 많은 국민들의 사랑을 받아오는 사람이 몇이나 되겠는가?

새삼 나 자신도 신기한 생각이 들 때가 있다. 많은 사람들이 어떻게 나를 알아주고, 인기인이라고 생각해서 사인을 받고 좋아해줄까,

그것도 대한민국 국민의 많은 분들이 그러하니 이거야말로 나는 로 또 맞은 게 아니고 뭐겠는가?

일찍 데뷔한 것이 또한 너무너무 고맙다. 나보고 지금 데뷔하라고 했다면 내가 무엇을 제대로 할 수 있을까. 개인기 하나 없는 개그맨이…. 요즘 후배 개그맨들을 보면 얼짱은 물론이요, 개인기며 노래, 무용 등등 기가 막히게 재능 있는 후배들투성이다. 어찌 보면 그 옛날 데뷔한 것은, 나에게 있어서는 천운이 따른 것일 수도 있다.

그러나 지금부터 다시 시작이다. 사람들은 끝부분을 더 많이 기억한다고 한다. 집에 스크랩해둔 수많은 기사, 수많은 방송프로그램, 수많은 수상트로피, CF 모델 등 무엇을 기억할까?

지금부터의 모습이 지금까지의 기록보다 더욱더 중요할 것이다. 그래서 사랑을 보내주신 여러분께 깊은 감사의 인사를 드리고, 보내주신 그 큰 사랑의 힘으로 사랑을 실천하는 모습을 보여드리고 싶다.

인생 뭐 있냐구? 인생 뭐 있다!

인생 뭐 있다

copyright ⓒ 2016 이홍렬

지은이 이홍렬

1판 1쇄 발행   2014년 6월 10일
개정 1판 1쇄 발행   2017년 12월 16일
개정 1판 2쇄 발행   2017년 3월 10일

발행인 신혜경
발행처 마음의숲

대표 권대웅
편집 송희영
디자인 고광표
마케팅 노근수

출판등록 2006년 8월 1일(105 - 91 - 03955)
주소 서울시 마포구 동교로 144 - 13(서교동 463 - 32, 2층)
전화 (02) 322 - 3164~5 | **팩스** (02) 322 - 3166
페이스북 facebook.com/maumsup
ISBN 979 - 11 - 87119 - 85 - 2 (03810)

값은 뒤표지에 있습니다.
저자와 협의하여 인지를 생략합니다.
저자와 출판사의 허락 없이 내용의 일부를 인용, 발췌하는 것을 금합니다.
잘못 만들어진 책은 구입하신 곳에서 교환해드립니다.

마음의숲에서 단행본 원고를 기다립니다.
따뜻하고 생동감 넘치는 여러분의 글을 maumsup@naver.com으로 보내주세요.